影の火盗犯科帳㊂

伊豆国の牢獄

鳴神響一

時代小説文庫

角川春樹事務所

目次

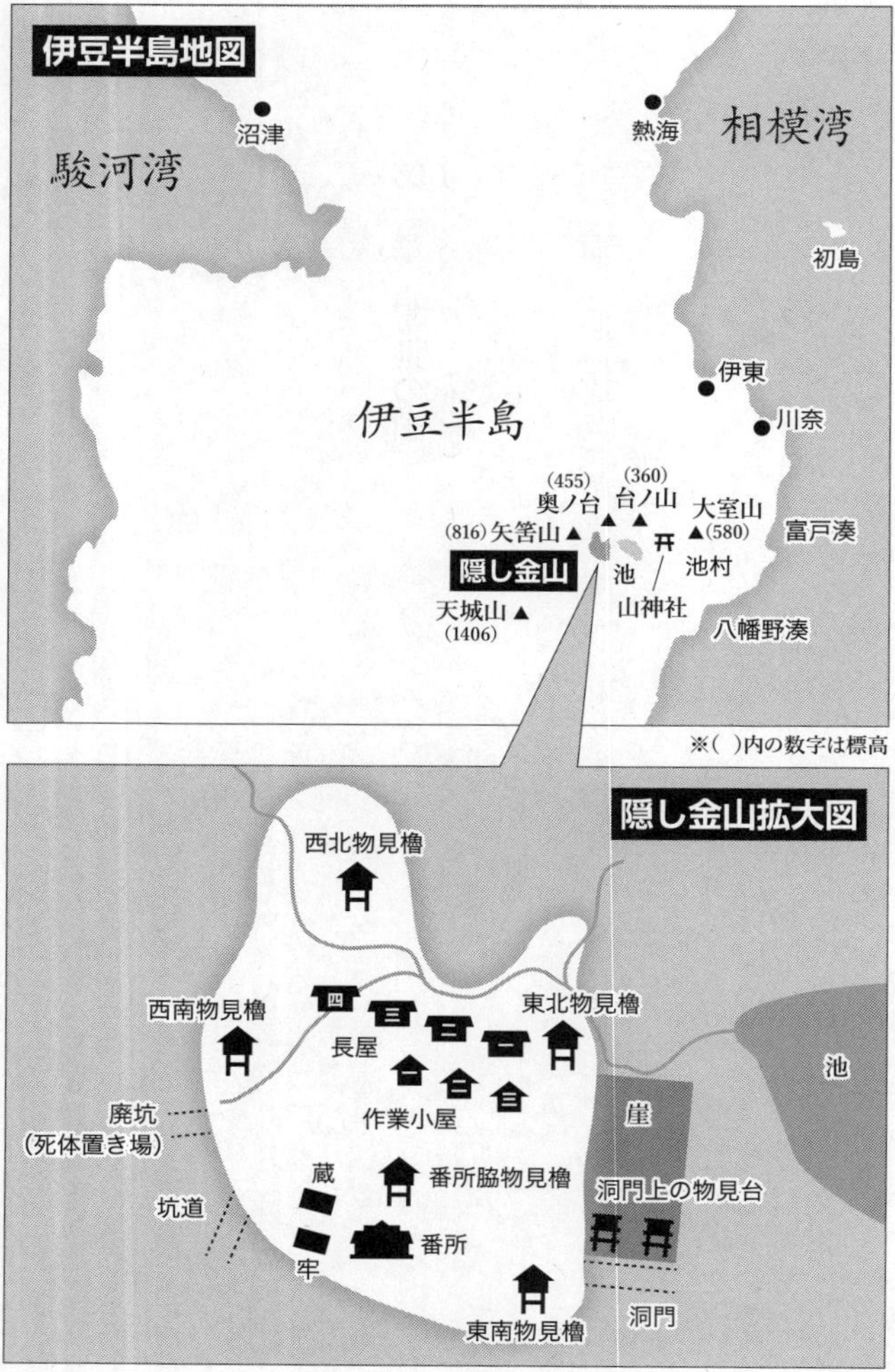
伊豆半島地図
沼津
駿河湾
熱海
相模湾
初島
伊東
伊豆半島
川奈
(455)
奥ノ台
(360)
台ノ山
大室山
(580)
(816)矢筈山
富戸湊
隠し金山
池
池村
山神社
天城山
(1406)
八幡野湊
※( )内の数字は標高
隠し金山拡大図
西北物見櫓
西南物見櫓
東北物見櫓
長屋
池
崖
廃坑
(死体置き場)
作業小屋
蔵
番所脇物見櫓
洞門上の物見台
坑道
番所
牢
東南物見櫓
洞門

影の火盗犯科帳〈三〉

伊豆国《いずのくに》の牢獄

〈登場人物紹介〉

山岡五郎作景之……公儀直属の御先手鉄砲組の頭。火付盗賊改役を拝命

「影火盗組」……山岡家に仕える甲賀忍びの集団
◆芥川光之進……小姓頭
◆黒川雄四郎……若党
◆五　平……中間
◆渚……侍女
◆弥三郎……小者

多田文治郎……学才に長けた能筆の素浪人

八田左近……火付盗賊改方与力。御先手弓組

美　里……景之の妻。高家旗本・今川範高の一人娘

大岡忠光……御側御用人。三百石の低い家柄から大名として立身した

第一章　常世の国

一

黒川雄四郎《くろかわゆうしろう》は泉水ほとりの石に腰掛けて薄緑色の水面をぼんやりと見つめていた。千五百石取りの旗本であり、公儀御先手鉄砲組頭をつとめる山岡五郎作景之《やまおかごろさくかげゆき》の番町《ばんちょう》の屋敷の庭だった。雄四郎は山岡家の若党をつとめている。

今朝、屋敷東北角の中長屋で目覚めたとき、胸が締めつけられるような焦燥感と不安感に襲われた。

東隣の小田《おだ》家の屋敷から甘い沈丁花《じんちょうげ》の香りが漂っている。沈丁花の華やかな香りに雄四郎の心は乱されていた。雄四郎は甘い香りから逃げ出すように、小田屋敷とは反対側の泉水べりまで歩いてきた。

（こんなことでどうするんだ。わたしは影火盗組の一人ではないか）

雄四郎は自分の不甲斐《ふがい》ない心を叱《しか》った。

主人の景之は、昨年の霜月《しもつき》に盗賊《とうぞく》考察を拝命し、いわゆる火付盗賊改方《ひつけとうぞくあらためかた》の頭に任じられた。

景之の火盗改方《かとうあらためかた》就任に伴って、小姓頭の芥川光之進《あくたがわこうのしん》を束ねとして、若党の雄四郎、中間《ちゅうげん》の五平《ごへい》、侍女の渚《なぎさ》ら、山岡家中で代々育てられてきた甲賀《こうか》忍び四名、さらに元武士である小者の弥三郎《やさぶろう》の五名は、影同心御用を果たすこととなった。

五人は陰に日なたに主人景之を助け、生命を懸《か》けて江戸の町にはびこる悪と戦っている。雄四郎には少しの気のゆるみも許されるものではなかった。

(忍びたる者、花の香りなどに心を乱されるとは情けない……)

昨日のことである。

雄四郎と渚、五平の三人は、奥座敷で光之進から座学を受けていた。

「天下に群雄が割拠していた昔の話だ。ある武将が、野陣で毒飼いされて死んだ。陽《ひ》が落ちて、夕餉《ゆうげ》のおりに六本の鶉串《うずらぐし》が焚《た》き火で焙《あぶ》られた。串焼きのうち四本は鬼役《おにやく》(毒味役)が食べたが、無事だった。残りの二本を食べた武将は、しばらくすると苦しんで死んだ。鶉は近くで猟師《くしや》が網で獲《と》ったのを買い受けたもので、残った生肉を後で調べたが、毒はなかった」

光之進は雄四郎たちを見回した。

「横目役《よこめやく》は三人の小姓が怪しいと睨《にら》んだ。三人は夕餉の前にそれぞれ怪しげな動きをしておった」

「へぇ、どんな風に怪しかったんでやすか」

五平が身を乗り出した。

「この野陣に軍勢は長く滞陣していたので、厨《くりや》（台所）や、兵糧《ひょうろう》を蓄える場所もあった。一人は用もないのに鶉肉の下ごしらえをしている厨に入った。もう一人は武将に命ぜられて兵糧の残量を確かめに行った。最後の一人は夕餉の前に近くの林へ入った。横目役は三人のうちの一人を毒飼いした敵の間者《かんじゃ》と見抜いた。さて、どの小姓だ。まずは雄四郎はどう思う」

「厨に入った小姓ではないのですか」

光之進は無表情のまま、五平に向き直った。

「そりゃあ、林に入った小姓に決まってまさ」

「渚はどうだ」

「ええ、疑いもなく林に入った小姓ですね」

雄四郎は五平と渚の答えに驚いた。林に入って何をするというのだろう。

「雄四郎とほかの二人では、違う小姓を選んだ。雄四郎、なぜ厨に入った者が怪しいと思った」

「え……厨で鶉に毒を仕込んだのではないのですか」

ほかの答えは考えられなかった。

「したが、鬼役は無事だったのだぞ。どの串が武将の手に渡るかは、そのときにならぬとわからぬはずではないか」

「は……はぁ……たしかに」

どうやら、自分だけが間違えた答えを出したようである。

「渚は、なにゆえに林に入った小姓が怪しいと睨んだ」

「鬼役は四本を毒味した後に、毒が効くかどうかしばらく時を置くはずですね。その間も、武将の鶉串は焙られているでしょう。間者の小姓は、隙《すき》を見て武将の分だけ串を毒木とすり替えたのでございましょう。陽が落ちた後の野陣だからこそできる毒飼いでございましょう」

渚はさらりと答えた。

「夾竹桃《きょうちくとう》や沈丁花の枝を削って使えば殺せやすよ。もっともその林に生えてたかどうか知りませんがね。刺し替える前に串も焙っとかなきゃ怪しまれますね」

五平も当然のように付け加えた。

「厨に入った小姓は怪しくないのか」

「へへっ、つまみ食いでもしてたんでやしょう。あっしみてぇに」

雄四郎は全身の血が下がるような錯覚を覚えた。夾竹桃や沈丁花が毒木であることは知っていた。しかし、串に使うとは考えもつかなかった。

「これは例えに過ぎず、実際にあった話ではない。したが、雄四郎は真正直すぎる」

光之進のあきれたような声が響いた。忍びにとって正直という言葉は馬鹿だという誹《そし》りにも聞こえる。

「面目次第もございません」

雄四郎は肩を落としてうつむいた。

「実は、昔の話はどうでもよい。そもそも拙者が、わざわざ鶉の串焼きや、野陣を持ち出した意図を摑《つか》むべきなのだ。お前は人を疑うという心構えに欠けている」

雄四郎には返す言葉がなかった。

「よいではないか」

振り返ると、背後に景之が笑みをたたえて立っていた。

「真正直な者を教え導き、疑いを持つ勘どころを育てたほうが、もともと疑い深い者より鋭い勘を持つことも少なかろう」

「ですが……殿。雄四郎が、いつかは危うき目に遭うのではないかと案ぜられてなりませぬ」

「まぁ、長い目で見てやれ」

景之は上機嫌で部屋から出て行ったが、いささか気まずい雰囲気の中で座学は終わった。雄四郎は打ちのめされていた。

沈丁花の香りは、昨日の不甲斐ない自分を思い出させるものだった。

「雄四郎さん」

不安な雄四郎の思いは渚の声によって破られた。

振り返ると、渚のすらっとした張りのある身体《からだ》が、降り注ぐ朝日を背にして立っている。

「ああ、おはようございます、渚どの」

「殿さまがお召しです」

雄四郎は二つ年下の渚に、いつもかなわないものを感じていた。武芸の腕は自分が勝ると信じている。しかし、昨日も一本取られたように、聡明で気が利く渚は、世間を見る目も自分をしのぐ。雄四郎は渚と話していると、怜悧《れいり》さに圧倒されることばかりだった。

「朝早くすまないが、戸田弥十郎《とだやじゅうろう》さまのお屋敷まで文を届けてほしいとのお言葉です」

戸田弥十郎忠汎《ただあつ》は、宝暦五年（一七五五）から火盗改方をつとめている同役の先輩であった。雄四郎は駿河台《するがだい》にある忠汎の役宅まで、月に何度か文を届ける使いに立っていた。

「すぐに支度をします」

あわてて立ち上がる雄四郎をふたたび甘い香りが包んだ。

一刻（約二時間）ほどの後、雄四郎は神田明神の南側にひろがる湯島横町《ゆしまよこちょう》に店を開いている菓子舗「三国屋《みくにや》」の店先に立っていた。戸田家に文を届けた帰りのちょっとした寄り道である。

高台の神田明神から、暖かい東風に乗って雅楽を奏でる笙《しょう》、篳篥《ひちりき》、龍笛《りゅうてき》の音が雅やかに響いてくる。

饅頭《まんじゅう》を蒸す湯気が間口一間半の店先を包んでいる。甘い香気が雄四郎の嗅覚《きゅうかく》をくすぐり、食欲を刺激した。

人気の酒饅頭は、主人の故郷である越前三国《みくに》の名物だった。甘酒をたっぷり含ませた糯米《もちごめ》を発酵させて作った皮で、濃密な漉《こ》し餡《あん》を包んで蒸して作る。甘酸っぱく香ばしい酒の香りとまろやかな餡との取り合わせが絶妙だった。

だが、雄四郎は食い意地ばかりで、この店に立ち寄ったわけではなかった。

〽狐《きつね》笑った
　ゆすらご咲いた
　嫁ご歩った
　こんめ落った

店先から今朝もやわらかな歌声が聞こえてきた。三国屋の女房、登勢《とせ》が店先に立ってぼんやりと口ずさんでいる。どこか淋《さび》しげなその歌は、いつも雄四郎の心に染み入って、鬱屈《うっくつ》していたものが、すっと楽になるのであった。

「よい歌ですね。なんだかほっとします」

「あら、とんだところを……。お武家さま。いつもありがとうございます」

登勢は愛想よく声を掛けてきた。

年の頃なら三十代初めか。留紺《とめこん》の生地に亀蔵《かめぞう》小紋《こもん》という渦巻《うずま》き模様を白抜きで散らした小袖《こそで》に身を包んでいる。華奢《きゃしゃ》な身体のやさしい曲線に、雄四郎の心は穏やかに澄んだ。

丸髷《まるまげ》の下の色白で卵形の顔は、雄四郎にとって不思議になつかしい。黒目がちの瞳《ひとみ》に温かくやさしい光が宿っている。

「酒饅頭を十個下さい」

「少しお待ち下さいましな」

登勢はにこやかに笑うと、経木《きょうぎ》で饅頭を包み始めた。

（この人の顔を見て、声を聞くと、なぜか心が落ち着く）

しなやかな指が饅頭を包むのを待つ間、雄四郎の心を温かいものが満たしていた。

店の奥では登勢の夫である五十代の主人が饅頭を丸め、苦み走った若い職人が蒸籠《せいろ》に並べている。

三国屋に寄るのはこれで四度目だったが、屋敷から東の方向に使いに出た帰り道のひそかな楽しみとなっていた。

二度目からだろうか、時候の挨拶《あいさつ》に毛の生えた程度の会話を交わすようになっていた。

「どうしたんですか。なんだか、元気がないようですよ」

饅頭の包みを手にしながら、登勢は雄四郎の顔を見つめた。

「いえ……ちょっと自信をなくすようなことがありましてね」

「なにがあったんですか」

登勢の眉《まゆ》がきゅっと寄った。

「同門の弟子に比べてわたしは不甲斐ないと思うことがありましてね」

「剣術のお稽古《けいこ》かしら」

まさか、忍術の座学というわけにはいかない。

「ええ。わたしは正直すぎるらしくて、あっさり打ち込まれるんですよ」

登勢の顔に、なぜか、翳《かげ》りが見えたような気がした。

「人は正直がいちばんですよ……」

苦しそうに言葉を出した登勢は、急に笑顔を作ると、明るい声を出した。

「正直の頭《こうべ》に神宿るって言うじゃないですか」

「はぁ、そうですね」

忍びが抱える悩みをわかって貰《もら》えるはずもないのだが、雄四郎の気分は軽くなっていた。登勢に話してみてよかったと思った。

「正直なら、うちのお饅頭も負けませんよ。はい、三十文頂戴《ちょうだい》します」

包みを差し出す袖《そで》がまくれて、登勢の白い右手首があらわになった。

（あれ……）

手首から肘に掛けて三寸（約九センチ）ほど晒《さら》しが巻き付けてある。

「その腕……どうなされました」

目が合った。登勢の両の瞳にうろたえたような光が揺れた。

「や、火傷《やけど》しまして……お饅頭を蒸してる湯気で……」

登勢の声ははっきりと上ずっていた。

「危ないですね、お大事になさってくださいまし」

「ありがとうございます」

銭を受け取って頭を下げると、登勢は逃げるように店の奥に去って行った。

何か悪いことを尋ねたような気がして、雄四郎は足早に三国屋を後にした。

＊

翌々日の朝食の後、景之が道楽の鏡磨きをしていると、妻の美里《みさと》が煎茶《せんちゃ》を持って入って来た。

美里は高家《こうけ》の旗本、今川範高《いまがわのりたか》から嫁に来て二十四年あまりになる。一つ年上だったが、稚気《ちき》にあふれて若々しく、顔立ちも景之より五、六は年若く見えた。二人の間には遅くできた嫡子草八郎《そうはちろう》がある。

「月が明けると、今年は八日が初午《はつうま》だが、いつものようには参らぬな」

「殿さまが火盗改のお役に就かれましたからには、やむを得ませぬ」

如月《きさらぎ》最初の午の日を初午と呼ぶ。この日は江戸中に無数に祀《まつ》られている稲荷《いなり》大明神の祭礼であるが、同時に子どもたちの祭りでもあった。

初午の日に、町人の子どもたちは朝から隊伍を組み、幟《のぼり》を背に絵馬を手にして太鼓《たいこ》を敲《たた》いては近所を練り歩く。さらには裕福な商家の門口に立っては小銭や菓子をねだってよい習わしになっていた。

江戸の横町には必ずと言っていいほど稲荷神の祠《ほこら》があった。俗に「伊勢《いせ》屋《や》、稲荷に、犬の糞《くそ》」とよばれるほど、その数は多かった。

大名屋敷や裕福な旗本屋敷でもたいていは稲荷神の祠を祀っていた。いつもは固く閉ざしている門扉を開け放ち、子どもたちが屋敷内に入ることを許し、甘酒や菓子などを振る舞う。

江戸の子どもたちは、毎年睦月《むつき》の半ばから初午の日を首を長くして待ちわびている。

番町は武家屋敷ばかりだが、景之の屋敷は南端に近いあたりに位置する。毎年、初午には善國寺《ぜんこくじ》の坂下に軒を連ねる麴町《こうじまち》の町家に住む子どもたちが集まってきた。

「やはり、屋敷内に子どもたちを入れるわけにはゆかぬ」

「子どもたちが、さぞがっかりすることでございましょう」

「されど……屋敷の奥へ外の者を近づけるわけには参らぬからな」

屋敷東北には、霜月の火盗改役就任のおりに、捕らえた咎人《とがにん》を収監する仮牢《かりろう》や、自白させるための拷問《ごうもん》部屋を設けた。役目の上で必須の施設だが、そんな場所に子どもが迷い込んでは困る。

「どうでございましょう。門は閉じたままで門前で菓子や甘酒を配るというのは」

「そうだな、それもよいかもしれぬな。門前に床几《しょうぎ》でも出して子どもたちを待つとするか」

「まるで殿さまが福の神でございますね。大黒さまにでも扮《ふん》しますか」

「ははは、山岡は吝嗇《けち》だなどと噂《うわさ》されるのも嫌だからな」

質素な家柄の旗本や、先祖からのしきたりでまったく祭りをしない家は、町人たちに陰口を叩《たた》かれるのが常だった。

「子どもたちが喜ぶ饅頭がよいかとは思いますが、出入りの大槌屋《おおづちや》ではなく、湯島横町の三国屋という店を使ってやりたいのでございますが」

「職人が二人ほどの小さい店ですが、雄四郎が気に入っているのです。先日、酒饅頭を頂いたのですが、とても美味《おい》しゅうございました。店も流行《はや》っているようでございます。どうも最近、大槌屋は砂糖を惜しむのか味が悪《あ》しくなっておりますので、少しは冷たくしてやったほうが薬になるかと」

「美里が申すのなら間違いはあるまい。だが、小さい店であれば、早めに言い付けておいたほうがよいな」

「さようでございますね。差し迫って注文したら、てんてこ舞いとなるやもしれませぬ」

「さっそく雄四郎を使いに出すがよいな」

使いを命ぜられた雄四郎は心も軽く三国屋へ急いだ。

だが、店の大戸は閉められていた。雄四郎は内心で舌打ちした。せっかく美里が三国屋を選んでくれたのに、これでは使いの役に立たない。

「おかしいな……」

主人や登勢が風邪を引いて店を閉めることもあろう。だが、店先に置いてある乾きった水桶《みずおけ》に蜘蛛《くも》の巣が張っている。なんとなく、昨夕、ふつうに店を閉めたという雰囲気ではない。

「もし、ご老女」

雄四郎は隣の海苔《のり》屋で店先の柱を拭《ふ》いている老女に声を掛けた。

「はい、いらっしゃいまし」

「いや……客ではない。いささか、ものを尋ねたいのです」

「へぇ……何でございましょう」

「隣の菓子屋はなぜ店を閉めているのか。病人でも出たのか」

「それがねぇ……」

言いかけて老女は、雄四郎の顔をつくづく見て、笑いをかみ殺した。

「そりゃあ別嬪《べっぴん》だし、おかみさん目当ての客も少なかないけど、お侍さんからしたら、ずいぶんと年増でしょうに……」

「いや、そんなことで参ったのではない……いささか不審な点があるのだ」

雄四郎は照れ隠しに、厳しい顔つきで答えた。

「おかみさんが急にいなくなっちまってねぇ。亭主の清造《せいぞう》は店を閉めて、湯島近辺を探し回ってるんですよ」

雄四郎は背中に水を浴びせられたような気がした。

「いなくなった……いつのことだ」

「一昨日ですよ。お登勢さん、夜の間に消えちまったそうでね」

それではあの日の晩か。あのやさしい笑顔にもう出会えないのか。

「書き置きなどは残されていたのか」

「ええ、とこよの国に行くって」

「とこよの国とは何のことだ」

「さぁ、それだけ書いてあったそうですよ。それよりね……職人の友蔵《ともぞう》も一緒に消えたんですよ」

老女は顔中皺《しわ》だらけにして声を立てずに笑った。雄四郎の心の中に黒い影がひろがっていった。

「駆け落ちということか……」

雄四郎は喉《のど》の奥でうなった。その人となりを詳しく知るわけではないが、登勢は駆け落ちするようなそんな人であってほしくなかった。

（あの腕の晒しは……）

あるいは大きな怪我《けが》でもしていたのか。行く方知れずとなったことと関《かか》わりがあるのか。いまとなっては確かめようもない。

「二人とも同じ晩にいなくなったんだからねぇ」

老女は、今度はけけけとあからさまに声を立てて笑った。

雄四郎はもはや口をきく気力もなく、肩を落として湯島横町を後にした。

（とこよの国……常世という意味か……）

書き置きは海の彼方にあると伝わる理想郷を指しているのだろうか。

（心中しようというのではあるまいか）

武家屋敷の建ち並ぶ番町へ続く道を急ぎながら、雄四郎の胸を不安な思いがふさいでいた。

二

その日の昼前、光之進が庭先に現れた。賄い頭の喜助《きすけ》が小柄な身体を隠すように付き従っている。

四十過ぎの喜助は加賀国の金沢の出だった。料理の腕が優れているばかりではなく、日々の献立にきめの細かい心遣いをして膳部《ぜんぶ》をいつも楽しいものにしてくれている。

「喜助が殿に申し上げたいことがあるそうでございます」

「どうした、喜助」

まだ肌寒い春先の風の中、喜助は額に汗をにじませている。

「朝餉《あさげ》の汁のことでお詫《わ》びに上がりました」

喜助は膝《ひざ》に両手をついて頭を下げた。

景之は内心でしまったと思った。喜助の汁は出汁《だし》の加減がとてもよく、日頃は代わりを求める。ところが、ここ数日は豆腐が軟らかく好みに合わなかったため、つい、一杯ですませ続けてしまった。

「汁はいつに変わらずよい加減だぞ。詫びることなど何もない」

「いえ……その……ここのところ……」

「代わりを求めなかったからか」

「へぇ……いつもお殿さまは必ずお代わりを召し上がっていますんで」

喜助はますます小さくなった。

「いや、これはすまぬ。喜助に要らぬ気苦労を掛けてしまったな」

景之は頭を掻《か》いた。

「やはり豆腐がいけなかったのでございましょうか」

「豆腐屋を替えたのか」

「実は出入りの豆腐屋が行方《いくかた》知れずになってまして」

「行方知れず……どういうことだ」

景之が問うと、代わりに光之進が答えた。

「大横町《おおよこちょう》に住む千吉《せんきち》という若い男が作った豆腐を、弟の義蔵《ぎぞう》が売っておりました。義蔵の話では四日前の夜半、千吉がいつの間にか消えたきり帰ってこないそうです。義蔵は途方に暮れて店を閉め、いまも兄を探しているとのことでございます」

光之進は日頃は口数の多い男ではないが、つとめの上で必要なときには能弁となる。

「それで……致し方なくほかの豆腐屋から仕入れておりました。申し訳ございません」

なるほどその頃から豆腐が軟らかくなったような気がする。硬い豆腐を作るには大豆を余計に使う。薄利で質のよい豆腐を作ろうとする生真面目《きまじめ》な豆腐屋を、景之は常々憎からず思っていた。

「何を申す。豆腐の固さは喜助のせいではないではないか」

地に視線を落としたまま顔を上げない喜助に、景之はいたわりの言葉を掛けた。

「お殿さまのお気に召すほかの豆腐を探すことができておりませんので……」

顔を上げた喜助は肩をすぼめて小さくなった。

「いやいや、それほど口が奢《おご》っているわけでもない。いまの豆腐のままでよいぞ」

「ありがたいお言葉で」

「喜助、変わらずつとめてくれ。下がってよいぞ」

何度も頭を下げて喜助は戻っていった。

「腕のよい生真面目な豆腐屋が、突然に行く方知らずとなったか……なにゆえであろうな」

「貧しき町人の暮らしは吹けば飛ぶような危ういものです。些細《ささい》なことで行く方知らずになることも少なくなかろうかと」

光之進は眉を寄せて痛ましげに答えた。

「そうだな。我らは江戸の民の暮らし向きに、無頓着《むとんちゃく》に過ぎるのかも知れぬ」

ご政道を真正面から批判するわけには行かぬが、公儀は町人たちの生活にもっと目を向けるべきだと景之は考えていた。公儀よりはるかにきめ細かな救貧施策を行っている大名家もある。

「されど、豆腐屋は繁盛しておりましたようで、解せぬ話でございます」

「そういえば、三国屋という菓子屋も店じまいをしてしまったそうだな」

初午の饅頭は結局、出入りの大槌屋から取ることにしたし、雄四郎から詳しい話も聞いていなかった。

「実はその三国屋のことで気になる話がございまして……」

光之進は言いよどんだ。口に出すべきかどうか迷っているといった顔つきであった。

「気兼ねは要らぬ。申してみよ」

「店じまいの理由は、三国屋の女房と職人が消えたからだそうです」

「駆け落ちか」

「単に色恋沙汰《いろこいざた》の駆け落ちかも知れませぬ。されど、女房のほうが不可思議な言葉を残しておりまして」

「どんな言葉だ」

「書き置きなのですが、『とこよの国に行く』と一行」

「ほう……常世の国と言えば、古くから海の彼方にあるとされる神仙境だな」

「そこではいかなる不幸も苦しみも消えると伝わっておりますな」

「古事記、日本書紀、万葉集などにも記されているが、いまの世にはあまり聞かぬ言葉だ」

「そこなのでございます。なにゆえ、菓子屋の女房などが、常世の国などという難しい言葉を使ったのか。さらに、豆腐屋の千吉も、いなくなる前の晩、弟の義蔵に『海の向こうにはどんな国があるんだろう』などと語っていたそうでございます」

「これは関わりのある話かも知れぬな」

「はい……湯島横町と大横町、場所はいささか離れておりますが、二件の行方知れずは、あるいはつながっている話なのかもしれません」

「影火盗組で意を払って町の噂などを集めてくれ。どうも、気になる」

「かしこまりました」

光之進は一礼して去った。

＊

午後に入って、いつもと同じ無紋の小袖に羽織袴《はおりはかま》姿で多田文治郎《ただぶんじろう》が訪ねてきた。

文治郎は、漢学を学ぶ若い浪人者に過ぎないが、その豊かで広い知識は、景之が事件を解決するための大きな力となっている。後に沢田東江《さわだとうこう》の名で、漢・儒の学者として広く世に知られるが、文治郎は書家としての才を持ち、洒落本《しゃれぼん》さえ書いていた。

「奇妙な話がありましてね。ぜひ、山岡さんに聞いて頂きたいと思いまして」

「ほう、どんな話であろう」

「知り合いの娘の話です」

「遊里の女子《おなご》なのか」

柳橋《やなぎばし》の美少年とも異名をとっていた文治郎は、吉原の遊女に、貢《みつ》ぐ女が何人かいるとの噂があった。

「知り合いの女といっても、すべてが玄人《くろうと》というわけじゃありませんよ。見目よいで
すが、近所のうどん屋の娘です」

「そこもとは素人娘にまで……不埒《ふらち》な真似《まね》をしおるのか」

「いやだなぁ」

額涼しく鼻筋通る顔の前で、文治郎は大仰《おおぎょう》に手を振って素《す》っ頓狂《とんきょう》な声を出した。

「ただの知り合いですよ。たまにうどんを食べに行って話をするだけの仲ですよ」

「いや、怪しいものだ」

景之はふざけて文治郎をにらみつけた。

「そんな不埒な真似をしたら、火盗方の与力・同心衆に捕縛されて、裏庭の拷問部屋
で吊《つる》されかねませんからね」

「では、さっそく組下を呼ぶか」

「冗談はともあれ、奇っ怪な話なんです。そのうどん屋の娘は春《はる》といって十七になる
のですが、ある晩、いきなり消えてしまったのです。父子《おやこ》二人だったので、父親は気

が狂わんばかりになっていてまことに気の毒です」

「行方をくらました理由《わけ》はわかっておるのか」

「駆け落ちです。好き合った男がいて、この相手が町内の質両替商の一人息子なんです」

「そりゃあ添い遂げるのは難しいだろうな」

「ええ、近江屋《おうみや》というその質両替商の主人は、むろん許すはずもありません。日本橋の呉服太物《ふともの》商の娘さんを嫁に選んで、月が明けたら祝言っていう運びになっていたんです。そうしたら、昨晩、二人揃《そろ》って煙のように消えてしまいましてね」

「いたわしいとは思うが……」

景之が言いよどんだ言葉を、文治郎が代わって口に出した。

「たしかに、ありふれた話です。このお江戸じゃ駆け落ちなんて珍しくもないです。けれども言い残している言葉が奇妙でしてね」

「常世の国へ行くというのだろう」

文治郎の顔に驚きの色が走った。

「火盗方では駆け落ちまで取り締まるんですか」

「そんなはずはあるまい。身どもが聞いているだけでも、すでにその二人で五人目なのだ」

景之は三国屋の女房と職人、豆腐屋の千吉の話をした。

「驚いたな」

文治郎は、信じられぬという風に首を振った。

「常世の国に憧《あこが》れて出奔《しゅっぽん》する者が続いているのですね。しかも海の向こうに向かうとは……いまの世に補陀落渡海《ふだらくとかい》でもあるまいし」

景之には聞き慣れぬ言葉だった。

「補陀落とはどういう意味なのであろうか」

「観世音菩薩《かんぜおんぼさつ》が住む山を指すのですが、光明山、海島山、小花樹山などとも呼ばれます。南海の果てにあるそうで、常世の国と同じ考え方の上にある楽土ですね」

「で、じっさいに海を渡って、補陀落なる楽土を目指す者がいるのか」

「古く流行っていた捨身行《しゃしんぎょう》の一つです。熊野や四国の室戸岬《むろとみさき》、足摺岬《あしずりみさき》など南方に向いた海辺から、行者《ぎょうじゃ》が補陀落船という小さな船に乗り込むんです」

「どんな船なのだ」

「ただの箱船ですよ。合羽《かっぱ》（甲板）に入母屋《いりもや》造りの窓もない箱部屋が設けられていま す。箱の四方は赤鳥居で飾られていることが多いそうです。で、行者はそこへ入ると二度と外へ出られないんですよ。ところがこいつには帆もなければ艪《ろ》もない。そこで、艪船《ろぶね》が引っ張っていき、沖で放すわけです」

「それでどうなるのだ」

「それっきりですよ」

「というと、つまり」

景之は言葉を呑《の》んだ。

「海を漂っているうちに飢え死にするか、海が荒れて波に飲み込まれるか、いずれにしても行者の生命は長くは保《も》ちません」

「つまり自ら穴に入って木乃伊《ミイラ》となる即身成仏行のようなものか」

「そうです。本来は行者自らの意志で行ずる捨身行です。ですが、死ぬのが怖くなって逃げだそうとした行者を、まわりの者が寄ってたかって船に押し込んで沖に引っ張っていったこともあるようです」

「むごい話だな」

「ですから、もう百年以上も前から、入寂《にゆうじやく》した僧侶《そうりよ》のなきがらを船に乗せるような形に変わってきているようです。享保《きようほう》の初め頃、ある上人《しようにん》のなきがらが熊野の浜から沖に出たのが最後だったと思います」

「多くの人が知っている捨身行ではなかろう」

「ええ、たしか平安の御代《みよ》から五十例ほどだったと思います。ふつうの人は知らないんじゃないでしょうか」

「やはりそうか……では、何者かが、補陀落渡海の真似をしておるのやもしれぬな」

何者かの怪しい動きを詳しく調べるべきだという思いが、景之を強く襲った。

＊

その夕刻、景之は常盤橋《ときわばし》御門内の御側御用人《おそばごようにん》、大岡出雲守忠光《おおおかいずものかみただみつ》の上屋敷に呼ばれた。

九代将軍家重《いえしげ》は身体の自由が利かぬ生まれつきで、不明瞭《ふめいりよう》な言葉は忠光のほかに聞き分けられない場合が多かった。家重の寵《ちよう》を得て、忠光は三百石の旗本から側近随一の御側御用人に栄進していた。直属の上司ではないが、家重の内意を直接に景之に伝える立場にあった。

君寵を一身に集める忠光ではあるが、不思議と私欲には恬淡《てんたん》な人間であった。ただ、いざとなると弱腰になる。

家士に案内されて御座《ござ》の間《ま》に入ると、床を背にした忠光は、くつろいだ羽織姿で端座していた。

「参ったか」

裃姿《かみしも》の景之が平伏すると、忠光は気むずかしげな顔で景之を見た。

「実はそこもとに、折り入って頼みがある」

「何なりと仰せつけください」

「譜代のいくつもの家中に、あまりにもよい条件で気安く金を貸している商人がいる」

「ほう、それは奇特な」

どこの家中も窮乏に喘《あえ》いでいた。返済できなくなりかねない大名家も多い当節、気安く金を貸す商人がいるとは考えにくかった。

「むろん、諸家は大いに助かっているが、どうも腑《ふ》に落ちぬ」

「仰せの通り、合点の行かぬ話でございますな」

「しかも、その商人は店を持っているわけではなく、屋号さえもわからぬ」

「そんな不可思議な話があるものでございましょうか」

「いや、まことの話だ。使いの者が現れて、勝手に貸付を申し出る。それがいずれも破格の低利で、借財の担保《かた》さえとらぬこともあるそうな。どこの家中も金は喉から手が出るほどほしい。喜んで承諾すると、数日して使いの者が金を届けてくる。返済は半年以上先で、賦払《ぶばら》いなのだ」

「それは怪しいですな。返済されない恐れも少なくなかろうに」

「その通りだ。かように分の悪い商売には、裏があるように思えてならぬ」

「何者かが商人を装っているのかも知れませぬな」

忠光は苦い顔であごを引いた。

「あるいは盗賊団などが絡んでいるやも知れぬ」

「おおいにあり得る話ですな」

景之の心の中では、もっと大きな陰謀が存在するのではないかという疑念が消えなかった。盗賊団が大名家と関わりを持ちたがるとも思えない。

「そこでだ……」

忠光は身を乗り出した。

「火盗方でも町の噂に気を配り、怪しげな商人の正体に迫ってほしい」

「組下の者たちに、しっかり聞き込みにまわらせましょう」

景之は力強く答えて言葉を継いだ。

「水も漏らさぬよう世の安寧を守り、民心を安んじるがために務めよ……このお言葉は片時も忘れたことはございませぬ」

「そこもとに盗賊考察の任が下ったおりの上さまのお言葉だな」

「はい。世を乱す者あれば、何人《なんぴと》であれ、許しておくわけには参りませぬ」

景之の言葉に忠光はおおきくうなずいた。

「すまぬ。これから、人と会わねばならぬ」

幕政の枢要にいる忠光のことだ。来客も多いはずである。

「では、わたしはこれで」

景之は御座の間を出て、長い廊下を玄関に向かって歩き始めた。

向こうから縹《はなだ》色の麻裃を身につけた四十前後の武士が家士に案内されてきた。

二間（約三・六メートル）ほどに近づいたところで、武士は立ち止まり、ふすまが
続く右手に身を引いた。

「これは、かたじけない」

景之が会釈をすると、武士は慇懃《いんぎん》に頭を下げた。

「いえいえ、どうぞどうぞ」

腰は低いが、四角い彫りの深い顔の中で目つきがやたらと鋭く、いかにも才走った
容貌《ようぼう》を持っている。油断のならない男のように景之には感じられた。

（無字《むじ》銭紋《ぜにもん》……青山氏だな）

肩衣《かたぎぬ》の胸には無字銭紋が白く染め抜かれている。

譜代中の譜代である青山氏の家紋だった。丹波国篠山《ささやま》や丹後国宮津《みやづ》を領する大名がいるが、旗本にも何家かある。いずれにしても景之は知らぬ男だった。来客はこの男に相違あるまい。

そのまま男は御座の間のある方向へ進み、景之は玄関へと歩み始めた。

廊下を照らす夕べの光が赤みを増してきた。景之は明日の好天を確信していた。

＊

忠光の屋敷から帰って、景之が書院で書見をしていると、光之進が顔を出した。

「殿さま……ご下問の件について噂を集めて参りました」

さすがは光之進である。仕事が早い。

「昨年の秋頃から、人がいなくなることが、江戸中でずいぶんと続いているようでございますな」

「やはりそうか……いかほどだ」

「北町奉行所で摑んでいるだけでも、ここ数月で百人を超えるそうでございます」

「なんとそんなに多くか」

景之は低くうなった。

「男のほうがずっと多いようです。男が八十人、女が二十人ほどのようです」

「では、駆け落ち者には限らないのだな」

「はい。さらに……消えた者のうち何人かからは同じ言葉が……例の」

「常世の国だな」

「はい、常世の国に行くとほのめかしていた者が何人かいたようです」

「その百人の行方知れずの者たちは、同じ理由《わけ》でいなくなったのかもしれぬな」

「常世の国という言葉が何を指すのかは誰もわからず、町方でも首をひねっているようでございます」

「たしかに、古い言葉であり、古い信心のようだな」

文治郎から聞いた話を、景之は光之進に語って聞かせた。光之進は目を光らせて聞いていた。

「補陀落渡海なる捨身行があったのですか。此度《こたび》の一連の行く方知らずとどのような関わりがあるのか」

「考えてみないとならぬな。ほかに何かあったか」

「消えた者たちのなかに武士は一人もおらず、すべて町人です。もっとも武家奉公人の若党と小者が一人ずつ混じっておりましたが」

「なるほど、身分が低く、力のない者を選んでいるのか」

「さらに……病身の者などはおらず、若い者がほとんどを占めるようです。聞いた話のなかでは三国屋の女房などはいちばん年上らしいです」

「三十過ぎという話だったな」

「もうひとつ、何人かの者に通ずることがあります。ザコ半《はん》に鼻薬を嗅《か》がせて、消えた者のうち何名かの居所を聞き出し、残された身内を訪ねてみました」

ザコ半こと半兵衛《はんべえ》は、北町奉行所の定町廻《じょうまちまわ》り岡野《おかの》金五郎《きんごろう》が使っている手先である。小金目当てに自分が耳にした奉行所がらみの話を、しばしば垂れ込みに来る男だった。

「それは苦労を掛けたな。で、身内の者は何を申しておった」

「行方知れずとなった者たちは、駆け落ち者であるとか、身上潰《しんしょうつぶ》れであるとか、誰しもいままでいた処《ところ》では生きてゆけぬような者たちでした」

「追い詰められて常世の国に逃げる場所を求めたというわけか」

「そのようでございます」

「若く身体の丈夫な、それでいて追い詰められた者たちか……光之進は、数十件にも及ぶこの行方知れずの裏にあるものは何だと考える」

「はて……行き場のない町人を集めて誰が何をしようとしているものか」

「少なくとも常世の国に行けば幸せになれると騙《だま》して人を集め、どこぞへ連れ去っていることは間違いない。何のためかはわからぬ。されど、大きなたくらみが隠されているのは間違いあるまい」

「さようですな……」

光之進は考えを巡らすように首を傾《かし》げた。

「殿さまぁーっ」

そのとき庭先からけたたましい声が響いた。

駆け込んできた中間の五平が、縁側に上半身を乗り出した。

「坊主ですよ、坊主、坊主、坊主っ」

「五平、少し落ち着いてものを申せ」

光之進はあきれ顔で、五平の額を小突いた。

「へへっ、すいやせん」

口先では笑いながらも、五平の顔は真剣だった。

「坊主とは何のことだ」

景之は期待を込めて五平に訊《き》いた。

「行く方知らずになった連中のところを廻《めぐ》って、常世の国に行こうなんてそそのかしている坊主がいたんですよ」

「まことか」

「それがね、神田佐久間町《かんださくまちょう》の出羽屋《でわや》っていう材木屋の娘で、店の手代と駆け落ちしたおトキって娘の妹が見てたって言うんで」

「なにを見ていたのだ」

「夜遅くに、くだんのおトキがこっそり店を抜け出して、和泉橋《いずみばし》を渡って川向こうの堤まで走ってったんだそうです。で、妹は心配になって後をつけたんですね。すると、柳の蔭《かげ》から、いきなり一人の坊主が現れて……網代笠《あじろがさ》をかぶった旅姿の行脚僧《あんぎゃそう》だったそうです」

「それでその行脚僧はなにを申したのだ」

「それが……。『常世の国へ参りたければ、早く心を決めろ』ってなことを言っていたらしいんですよ。おトキは迷っている風だったそうですが、坊主から詰め寄られて心を決めたんでしょうね。おトキは、いったん店に戻ったそうですが、その明け方前に、手代と出てったきりだそうです。妹が知ってるのはこれだけです」

「五平、よく聞き込んで参ったぞ」

景之の賛辞に、五平は照れ隠しのように頭を掻いた。

「いや、運がよかっただけですよ」

「光之進、これはやはり、大きなたくらみがあると見るほかはないな」

「仰せの通りです」

「その僧侶に近づく、なにかよい手はないものかな」

目を伏せて迷うように考え続けていた光之進だったが、やがて意を決したように顔を上げた。

「いささか危ない手ですが、ここは忍びの流儀でゆくしかないかと思います」

「まずは聞こうではないか」

景之が促すと、光之進はかるくあごを引いてから、計略を語り始めた。

南の御用地からフクロウの声がもの淋しく響いてきた。

三

翌々日の朝、雄四郎は起きてすぐに、山岡屋敷内の小さな異変に気づいた。

邸内で行き交う山岡家の小者や下女たちが、目も合わせずに形だけの挨拶をして通り過ぎてゆくのだ。

（よし、計略はうまく進んでいるな）

井戸端を通りかかると、ひそひそ話をしていた下女たちが、雄四郎が近づくとぴたっと話をやめ、気まずそうに頭を下げると、逃げるように小走りに四方に去っていった。

一人残った女がいた。賄い方で働く若い下女のサヨだった。ある事件で夫を殺されたサヨは、景之の温情を受けて、美里に許されて先月から喜助の下で働いている。

サヨは思い切ったような表情で、雄四郎の袖を摑んだ。

「ねぇ、黒川さま。お悩みごとがあったら、あたしにお話し下さいな」

「悩み事なんてなにもないさ。サヨさんは、なんでそんなことを言うんだい」

「なんでって……心当たりがなければいいんですけどね」

自分を見つめるサヨの温かな瞳に、雄四郎は内心で詫びた。

「ああ、悩みが出てきたら、きっと言うよ。ありがとう」

サヨはこくんと頭を下げると、気まずそうな顔をして立ち去った。

人気のない泉水べりで、雄四郎は渚と待ち合わせていた。

「渚さん、いまのところうまくいっていますよ」

「こうして話しているところを、誰かに見られたほうがいいのね」

二人は声帯をほとんど震わせない忍び独特の発声法を用いている。家中の者が通りかかっても会話の内容を聞き取られる恐れはないはずである。

「そうですとも、疑われることが此度のつとめの第一歩です」

「昨日から芥川さまや、五平さんが町中に噂を広めているんでしょうね」

「芥川さまの流言術はたしかです。私たち二人の噂はもう、番町界隈《かいわい》はおろか、江戸中に広まっているはずです」

「あ……誰かが見ている。あれ、サヨさんかしら」

「そのようですね」

建物の蔭でサヨがこっそりこちらを見ている。

「サヨさんはわたしたちが駆け落ちの相談でもしていると勘違いしているのでしょうね」

「それでよいのです。その勘違いを八百八町に広めることがご下命です」

「その怪しい行脚僧の耳に届かなきゃならないのですものね」

「そうですとも。我々二人は惚《ほ》れ合っても、結ばれぬ悲しき定めにあるのです。殿さまがお許しにならぬので、心中しようか駆け落ちしようかと悩んでいるのです」

「相手が雄四郎さんじゃ、あんまり嬉《うれ》しい話じゃないかな」

からかうような渚の口ぶりに、雄四郎はちょっとムッとした。

「恥を世間にさらすのはわたしたちだけじゃありません。殿さまも石頭で物わかりの悪い無粋な主君のふりをなさっているのですよ」

「そうね……殿さまもおつとめのために、不面目な役目を演じていらっしゃるのね」

「そうですとも。だから、わたしたちが文句を言うなんて、罰当たりですよ」

「ふふふ」

渚は含み笑いを漏らした。

「どうしたんです。なにがおかしいんですか」

「今日の雄四郎さんって、いつもと違って頼もしい気がして……」

「ああ、どうせわたしはいつも、頼りないですよ」

「そんなこと言ってないでしょ」

サヨが建物の蔭に消えたところが、目の端に映った。

「さ、もう戻りましょう」

「ええ、サヨさんも厨に戻ったわ。あの人がお屋敷の中に広めてくれるわね」

「サヨさんは本気で心配してくれているから、なんだか気の毒なんですけどね」

「へぇ、そうなの……」

渚はあいまいな笑みを浮かべて、返事を待たずに踵《きびす》を返した。

「じゃ、後でね」

あたりをはばからぬ渚の声が泉水に響いた。

＊

その日の午後、ふたたび戸田忠汎《ただあつ》の駿河台の屋敷に使いに出た雄四郎は、文使いを終えて神田川沿いの淡路坂《あわじざか》を昌平橋《しょうへいばし》へと下っていた。

小旗本の屋敷の多いこのあたりは、日が暮れると通る人の影すらない。

生暖かい南風が川向こうから吹き上げてくる。

坂下の昌平橋のたもとにうずくまっていた影がむくっと起き上がった。

雄四郎は反射的に刀の柄に手を掛けた。

「出家に刃を向けるつもりか」

押し殺したような声が低く響いた。

蒼《あお》い闇《やみ》の中に立つ影が網代笠をかぶり墨染めの空衣《うつお》をまとい、黒袈裟《くろげさ》を身につけた旅装の行脚僧であることに雄四郎は気づいた。

「ご坊、何かご用か」

弾む心を抑えて、雄四郎はあえて不機嫌な声を出した。

「おぬしは御先手組頭山岡五郎作家の家士、黒川雄四郎という者か」

年の頃なら、四十過ぎか。小柄だが引き締まった身体つきの男だった。

「わたしの名前を知っている貴僧は何者だ」

「常世の国よりの使いの者と申せばよかろう」

「なに、常世の国だと」

驚きを装う雄四郎の声は自分でも真に迫っていると思えた。

「おぬしはいま、家中の侍女とよい仲になっておろう……」

「なぜそれを……」

行脚僧は喉の奥で奇妙な声を立てて笑った。

「拙僧は常世の国の使いだ。千里眼を以《もっ》て見れば、江戸中の出来事がたちどころにわかる」

「千里眼だと……」

雄四郎は光之進の「流言術」の効き目を痛感した。

「行き所のないおぬしを、南海の常世の国に連れて行ってやろう。むろん、愛《いと》しい女子もともにな」

「ま、まことか……」

「なんでわざわざ嘘偽りを申そう。常世は観世音菩薩の守る地。濁世《じよくせ》で苦しむ衆生《しゆじよう》を有《あ》り難《がた》き御手でお救いになるのだ。常世の国ではいついつまでも二人で仲よう暮らせるぞ」

「どのようにすれば、常世の国に行けるのですか」

「三日後」

行脚僧は右手の二本の指を突き出した。

「二十三日の晩に、相州《そうしゆう》三浦は小網代《こあじろ》の村はずれにある慶仙院《けいせんいん》という名の真言寺院まで参るがよい」

「小網代の……慶仙院……」

行脚僧はゆっくりとあごを引いた。

「小網代の村落の北で入江の奥に建つ白鬚《しらひげ》神社の、さらに奥にある無住の荒れ寺だ」

相州の三浦であれば、途中に一泊すれば余裕で辿《たど》り着ける。

「その寺に行けば何があるのです」

「常世の国へ向かう手立てがある、とだけ申しておこう」

「ご坊は……わたしにこの世を捨てよと仰せか」

「このまま濁世の生き地獄を味わうのか、常世の国で観世音菩薩の慈悲《じひ》にすがるのか。決めるのはおぬしだ」

「観音さまの手にすがる……」

「だが、ひとつだけ申しおいておく」

脅《おど》しつけるように行脚僧は右手の人差し指を突き出した。

「ほかの者には決して漏《も》らしてはならぬ。一言でも漏らせば、仏罰を受けて二人ともたちどころに息が止まり、生命を落とすことになろう」

やおら踵を返すと、行脚僧は衣の袖を翻《ひるがえ》し、ゆうゆうとした歩みで遠ざかっていった。昌平橋を湯島へと渡る背中が小さくなっていった。

「どうやら、うまくいったようだな」

背後の闇から近づいて来た影がささやいた。

光之進だった。右手の天野《あまの》家の長屋門の屋根に身を潜めていたようである。

「疑うようすは少しも見られなかったと思います」

「ああ、おぬしと渚を不幸せな男女と思い込んでおる。完全に騙されていたようだ」

光之進は声低く笑った。

「さっそく一両日中にも常世へ向けて旅立つと致しましょう」

雄四郎の胸は、いよいよ始まる大きな使命に弾んだ。

「ところで、あの行脚僧だが……武士あるいは元は武士だな」

光之進は行脚僧の去った昌平橋を見やって考え深げに言った。

「たしかにただの僧侶には見えなかったですね。でも、なぜそう思われますか」

雄四郎にも武士がほかの者の姿をしていれば、たいていはわかる。たとえば武士は身構えに隙のないことが多い。だが、行脚僧の身のこなしは鈍重だった。

雄四郎の内心を見透かしたかのように光之進が続けた。

「たしかに隙だらけだが、身体のゆるみはわざと作っているのだろう。左足に力を込めて少し引きずるような歩き方で明らかだ。あれは長年、刀の重みを左足で支えてきた者の歩き方と見て間違いがない」

光之進の卓見にはいつも驚かされ学ぶことばかりだが。

敵はただ者ではない。勇躍した雄四郎を、しばし武者震いが襲った。

光之進の背後、駿河台に続く甍《いらか》の波の上を、数羽の雁《がん》が淋しげな声を上げながら飛び去っていった。

＊

夜明け前の暁七つ（午前四時頃）、雄四郎は番町の屋敷をこっそり抜け出した。もちろん、渚とともに旅支度に身を包んでの道行きである。

江戸を抜け出してからは二人とも意図してのんびり歩いた。

三浦小網代までの全行程は、選ぶ道にもよるが十八里から十九里（約七十一〜七十五キロ）ほどである。小田原宿よりも近く、雄四郎が本気で走り続ければ、今宵《こよい》のうちに辿り着くことも難しくはない。

「もう少しゆっくり歩きましょ。戸塚宿を過ぎたら、旅籠《はたご》を探すのに苦労するから」

「ああ、ついうっかりした。わかってはいるんですけどね」

幸いよく晴れた日だった。雄四郎は渚と二人、手に手を取って鎌倉の寺社詣にでも出かけたような、のんびりとした気分で東海道を歩いた。それでも日本橋から十里を数える戸塚宿にはまだ陽の高いうちに着いてしまった。

戸塚宿は、江戸からの路程がほどよく、箱根越えに備えるためにも都合のよい場所に位置していた。相模国の宿場としては小田原に次ぐ賑《にぎ》わいを見せており、旅籠を探すのも難しくはなかった。

雄四郎は無紋の濃茶の羽織袴姿で二刀を手挟み、渚も千歳茶色《せんさいちゃ》の着古した地味な木綿の小袖を身につけていた。はたから見たら、二人は貧しい浪人者の若夫婦とみられるだろう。

「なるべく地味な目立たない宿を探さないと」

「渚さんはどんなに地味に装っていても人目を引く容貌《かお》ですからね」

「そんなおべんちゃらを言ったって、今宵はお酒は飲ませませんよ」

「いやだなぁ。わたしをなんだと思ってるんですか。大切なつとめの最中に酒なんて頼みませんよ」

翌朝は飯をゆっくり食べてから戸塚宿を発《た》った。宿はずれで東海道と離れて浦賀道《うらがみち》に入る。

享保五年（一七二〇）に、江戸湾へ入港する船を監視していた下田奉行が浦賀に移された。これに伴い、公儀は三浦半島へ続く浦賀道を整備した。

浦賀奉行所は、南北各奉行所の半分近い与力・同心を抱え、水主頭取《かこどうどり》が十一人、水主は百九十人もいた。すべての商い船の出入りをあらためる浦賀の番所は、いわば海の箱根関といってよかった。

浦賀道は、保土ケ谷《ほどがや》宿で東海道と分かれて江戸湾側の六浦湊《むつらみなと》から横須賀《よこすか》を通る東回りの金沢道と、戸塚宿から相模湾側の鎌倉、葉山《はやま》を通る西回りの鎌倉道があった。行き先が半島西側の小網代なので、雄四郎は鎌倉道を選んだ。

残り、およそ八里の道を二人はさらにのんびり歩いた。

戦国期を経て坂東の一寒村に堕した古都鎌倉ではあったが、五山を初めとする社寺はいまなお昔に変わらない。

江戸っ子に大人気の行楽地である江ノ島と組み合わせて訪れる人の数は少なくなかった。だが、花の時期まであと少しとあって、鶴岡八幡宮《つるがおかはちまんぐう》の界隈も閑散としていた。

鎌倉では時間を費やすために八幡宮に参拝してみた。長い石段を登ると、相州に入って初めて見るような立派な社殿がそびえ立っていた。

景之は、先年、鶴岡八幡宮修築の際の目付役をつとめ、首尾よく務めを果たして公儀から報奨を受けていた。

「殿さまや奥さまのお供でお参りしたかったわね……」

「そうだね。僭越《せんえつ》だけど、皆さまの分までお参りしてゆこう」

美里はともあれ、旗本の外泊は公儀の許しが必要だった。公用でもない限り、景之がこの地を踏むことは難しかった。

二人は拝殿の前で手を合わせ、徳川家と山岡家の武運長久を祈った。

名越切通しを抜けて小坪へ進むと海辺に出た。銀鱗《ぎんりん》の反射を見せる相模灘《さがみなだ》が雄四郎の両の目にまぶしい。

葉山集落を過ぎて鎌倉道と離れ、半島の突端の三崎《みさき》（御崎）へ向かう西回りの三崎道を辿る。浜沿いや荒磯の道を歩き続け、いくつもの漁村を越え、大根畑から小網代の湊に降りていったのは、宵闇が忍び寄り始めた頃だった。

網舟が五艘《そう》ほど舫《もや》ってある湊の右手には、谷戸《やと》が深く切れ込んでいて、藁屋根《わらやね》の漁家が十数軒建ち並んでいる。すでに路傍には一つとして人影が見られなかった。

湊を過ぎると、人家は切れて浜沿いの道は細長い入江の奥へと頼りなく続いている。右手の山側に赤い小さな社殿が見えた。鳥居の扁額《へんがく》には白鬚神社とある。磯辺の道は尽き、右手の急な斜面に、獣道に近い細道が崖上に登っている。

（いよいよだな）

雄四郎は気を引き締めた。

林が切れ、いきなり視界が開けた。

蒼い薄闇の中に、細長い入江が寝静まり、最奥部には粗末な波止《はと》（桟橋）のある小さい川の河口が見えている。

「あれではないかしら」

渚が指さす先に灰色の瓦屋根《かわら》が見えた。浜から少し登ったところに小さな仏堂が建てられている。まわりには一軒の人家も見られない。

「そうらしい……」

雄四郎はつばを飲み込んだ。

二人は息を弾ませて、足元でハマダイコンの紫の花が揺れる道を駆け下りていった。

寺と呼ぶのがためらわれるほど粗末な、二間四方ほどの小さな仏堂だった。

瓦屋根はあちこちはがれて草も生え、板壁は青苔《あおごけ》で薄汚れ、柱は傾きかけている。

扁額も失われているが、位置からしても慶仙院という真言寺院に間違いあるまい。

あたりに怪しい人影や自分たちを害そうとする気配はないかと、雄四郎は全身に緊張をみなぎらせた。殺気は感じられない。が……。

(中には十人以上いる)

庇《ひさし》に近いところに息抜きの格子窓が並んでいるほか、開口部は正面の引違戸《ひきちがいど》だけだった。荒れ寺にもかかわらず、堂内からは薄《うっす》ら明かりが漏れている。

雄四郎は懐に隠し持った棒手裏剣に手を伸ばし、渚に目顔で危険に備えるように伝えた。

頬《ほお》をこわばらせ両の瞳を強く輝かせて、渚はうなずいた。

「お頼み申します」

引違戸の前に立って、雄四郎は声を励ました。

堂内で人の動きが感じられ、すぐに戸が開く音が響いた。

火明かりを背にして黒い影が目の前に立った。

「おお、やって来たな」

淡路坂で会ったあの行脚僧が、満面に笑みを浮かべていた。

「仰せに従い、濁世を捨てて参りました。これは……」

雄四郎は傍らに立つ渚を掌《てのひら》で指し示した。

「渚と申します。二人揃って観世音菩薩のお慈悲にすがりたいと存じます」

渚は恭敬《きょうけい》な態度で答えた。

「雄四郎と渚か、似合いの夫婦だ」

行脚僧は雄四郎たちを頭のてっぺんからつま先まで見て満足げに笑った。

「拙僧は尚慧《しょうえ》と申す真言坊主だ。そこもとたちを常世の国に案内致そう」

「よろしくお願い申します」

二人は揃って頭を下げた。

「中へ入って、休むがよい。腹が減っておるなら干《ほ》し飯《いい》もある。しばらくしたら常世の国へ向けて旅立つ」

「夜のうちにでございますか……いかなる手立てで」

「常世の国は南海の彼方にある」

「船で向かうのでございますね」

尚慧は無言であごを引いた。

江戸湾へ出入りする船は浦賀の番所で見張られている。相模灘に面した小網代などという不便な土地に人を集めるのは、浦賀番所の目を逃れようという魂胆《こんたん》なのだろう。

尚慧は厳しい顔つきになって口を開いた。

「ただし、船が常世に着くまでは誰も皆、無言の行をなさねばならぬ」

「口をきいてはならぬと仰せか」

「さよう。濁世で汚れた身から出る言の葉は、常世の国へ向かう旅路の清らかさを損ねる。心中で観世音菩薩をただひたすらに拝し奉り、己の明日の弥栄《いやさか》を願うのだ」

雄四郎と渚はお互いの顔を見てうなずき合った。渚の顔にも緊張の色が走った。

「あいわかりました」

「では、入るがよい」

堂内に入ってみると、たくさんの男女が正面の本尊に向かって肩を寄せ合うように座っていた。

「最後の一組が参った」

尚慧の声に、人々はいっせいに振り返った。

誰もが旅姿だったが、お店者《たなもの》や商家の娘とおぼしき者、職人たち、中には遊び人らしき風体のよくない男までいた。誰しも若い。ほとんどが十代の終わりから二十代の半ばだろう。男が八人、女が三人だった。

人々は雄四郎たちを見ると、無言でわらわらと頭を下げた。

(集めた者たちに口をきかせないのは、お互いの境遇などを知って、家に帰りたいなどという里心を起こさせないためなのだろう)

左手に座っていた商家の娘とおぼしき若い女が、袖を翻して空いている場所へ誘ってくれた。

雄四郎たちは左手のいちばん後ろに並んで座った。

「さぁ、皆の者、一心に観世音を拝するのだ」

正面の本尊は金泥がすっかりくすんだ古い千手観音像だった。

雄四郎と渚は、本尊に向かって手を合わせて座り続けていた。むろん、雄四郎は内心ではあたりの気配に意を払い続けた。

「爾時《にじ》、無尽意菩薩《むじんにぼさつ》、即従座起《そくじゅうざき》、偏袒右肩《へんだんうけん》、合掌向仏而作是言《がっしょうこうぶつにさぜごん》。世尊《せそん》、観世音菩薩、以何因縁《いがいんねん》、名観世音《みょうかんぜおん》」

本尊へ向かった尚慧が、朗々とした声で誦《しょう》する観音経が堂内に響き続けた。響き渡る観音経を聞いていると、段々と妙な気分になってくる。自分がいる場所がどこなのかわからなくなり、目の前の本尊がやたらとまぶしく光り輝いて見えてくるのだ。

（まるで幻術《げんじゅつ》だ）

甲賀にも幻術の類《たぐ》いの忍術があると聞いている。術によって人の心を操り、実在しない幻を見せ、音を聞かせるというのだ。上野国《こうずけ》多々良館《たたらやかた》の修行時代に教わる機会はなかったし、実際に見たこともなかった。だが、尚慧の読経は幻術に近いもののようにも思われた。

林が風にざわつく音と浜辺に波が打ち寄せる音を背景に、尚慧の読経だけが延々と響き続けた。

どれほど時間が経《た》った頃だろうか。背後の堂外に人が近づく足音が聞こえた。

雄四郎は、はっと我に返った。眠りかけていたとすれば、忍びとしては大失態である。

隣を見ると、渚は本尊を見つめているが、瞳に宿る光からも足音に注意を向けていることがわかる。

「尚慧さま、支度が調いましてございます」

戸の外から聞こえたのは若い男の声だった。

読経の声が止まった。衣擦《きぬず》れの音とともに尚慧が立ち上がり、座る人々に向き直った。

「皆の者、時が参った。いざ、常世の国へ船出しようではないか」

堂内の人々は、いっせいに平伏した。

先に立つ尚慧に付き従って仏堂の外へ出た雄四郎の目の前に、いびつな二十三夜月が照らす入江が広がった。

(おお！　これは)

半島の反対側、江戸湾の方向から昇った月光を受けて入江の海面は、銀糸で織った綾布《あやぬの》のごとく光り輝いていた。雄四郎は、ほんの一瞬、我を忘れて眼前の景色に見入った。

(船だ……)

入江の中ほどに視線を移すと一隻の弁才船《べざいぶね》が碇《いかり》を下ろしている。波止には一艘の伝《てん》馬船《ません》が舫ってあった。

無言の行を命ぜられていたほかの十一人から吐息が漏れて静かにひろがった。

（補陀落船に乗せられて南海に流されるのではないようだな）

雄四郎は内心で苦笑した。

補陀落船の話は景之から聞いているが、むろん、本気でそう思っていたわけではない。弁才船は本来はふつうの商い船に違いない。

声を掛けてきた若い男は、尻端折《しりはしょ》りで波止への坂道を駆け下りている。この男が伝馬船を漕《こ》ぐようだ。

「さぁ、皆の衆、波止からはしけに乗るのだ」

尚慧の言葉に、雄四郎は坂道を下り始めた。渚もほかの者たちも黙って後に続いた。最初に尚慧が船に乗り込んだところで、艪を握っていた若い船頭が艫《とも》（艇尾《ていび》）で叫んだ。

「二度に分ける。一度目は、みじん縞《じま》の長半纏《ながばんてん》の男までだ」

雄四郎と渚ら六人が乗り込むと、艫綱が解かれ伝馬船は波止をゆらりと離れた。

調子のよい艪音が響き、弁才船の艫がぐんぐんと近づいて来た。中くらいの大きさで三百五十石積船だろうか。すぐに出港できるように帆は張ったままで帆綱だけをゆるめてあるため、白帆のはためく音が入江に響いている。

横付けになった伝馬船から縄ばしごで本船に乗り移った。

垣立《かきたつ》（舷側《げんそく》の囲い）を越えて胴ノ間に身を移す。

伝馬船の男のほかにも五人の水主が待ち受けていた。

二十代から五十近い男までいる。誰もが白灰色に褪《あ》せた藍染《あいぞ》め手織り木綿の半纏を身につけていた。どの男も素朴な顔立ちで、生真面目そうだった。

加えて一人だけ羽織袴姿のごま塩頭の男がいた。これが船頭に違いない。船頭は厳しい顔立ちではあったが、これまた悪巧みに荷担できるような顔はしていなかった。

（どうやら、船頭や水主たちは、怪しい連中に雇われているだけの、ふつうの船乗りだな）

全員の移乗が終わると水主たちは忙しく立ち働き始めた。伝馬船が引き上げられ、帆綱が引かれる。陸風を受けた白帆が大きく孕《はら》み始めた。綱や船具のきしむ音が合羽に響き渡る。

「さぁ、皆の衆、いよいよ常世の国に向かって船出だ」

尚慧が声を励ました。

「オン　アボキャ　ベイロシャノウ　マカボダラマニ　ハンドマ　ジンバラ　ハラバ

リタヤ　ウン」

沖に向かって合掌した尚慧は、光明真言を高らかに唱えた。

「おいっ野郎ども、碇を上げろっ」

船頭の掛け声で、轆轤《ろくろ》が巻かれ音を立てて碇が海から上がった。碇綱から潮水の滴が四方に飛び散って月光にきらきら輝いた。

帆が前後に揺れた。

入江の外の大海に向かって弁才船はゆっくりと波を切り始めた。

四

海上は波静かだった。

いい追い風に四角帆が小気味よくはためき、舳先《へさき》の切る波が舷側に小さく砕け散って月光に光る。

「あいつら、黒川さんと渚さんを、どこへ連れて行くつもりなんでやしょう」

胴ノ間の真ん中で帆綱を握る五平が、遠い弁才船へ顔を向けたままで訊いた。

「相模灘を西へ向かっている。小田原か伊豆国《いずのくに》か、あるいはさらに先まで行くのか……いまはわからぬな」

艫で楫棒《かじぼう》を握る光之進は、前方の海上を注視しながら答えた。

足元には真っ黒な忍犬の黒丸《くろまる》が身体を丸めて眠っている。黒丸の隣では伝書鳩《でんしよばと》のほろ蔵《ぞう》、くる介《すけ》が籠《かご》の中でクルルと鳴いている。帆柱に縛り付けてある二つの大きな笈《おい》には持ってこられるだけの忍具が収まっていた。

弁才船の艫が小さく見える。三丁（三百二十七メートル）ほどの割合と近い距離で追っているが、こちらは船体も帆も真っ黒に塗ってある。月明かりの下でも弁才船から見つけられる気遣いはほとんどなかった。そもそも船尾方向に意を払っている商い船の水主はいない。

「だけど、芥川さんは用意がいいね。まったくの話」

「小網代まで来いと雄四郎を誘ったあの行脚僧の言葉から、必ずや船を使うと筋を読んだが、図に当たってよかった」

「こいつはなんとも速いね。よく一晩でこんなもんを作っちゃいましたね」

「帆を作って、漁師から買った網舟に据え付けただけだからな。五平の働きもよかったぞ」

「へへっ、あっしゃこう見えて器用なたちですからね。でも、変わった形の帆でやすねぇ」

　鼻を広げて五平は感心したように、黒い帆を見上げた。

「サバニと申す琉球《りゆうきゆう》舟の帆を真似して作ってみたのだ。四角帆は風をよく受ける上に帆綱で帆の向きを変えられるから、楫とともに扱えば舳先を向ける先を操りやすい。網舟は軽いので、重い弁才船の後を追うのはたやすい話だ。ただし、波さえなければの話だ」

「小っちぇし、波には弱そうですね」

　五平は不安そうに右手でかるく舷側を叩いた。

「これから海が荒れて大波が来たら、まぁ、二人とも海の藻屑《もくず》だな」

「脅かさないで下さいよ」

「今宵はまず荒れぬ。ただ、彼奴《きやつ》らが遠くまで行くようなら、この舟では駄目だ。初めに立ち寄る湊で、次の手を考えぬとな」

「あんまり遠くに行ってほしくねぇですね。せいぜい、小田原あたりですませてくれねぇかな」

「大久保《おおくぼ》大蔵大輔《おおくらたいふ》（忠興《ただおき》）さまのご家中か……先ほど酒匂川《さかわがわ》の河口を通り過ぎた。まもなく小田原城が見えてこよう」

「でも、芥川さんは奴らが暗いうちに船出するってよくわかりやしたね」

「奴らは月のある日を選んでいるからな。いままでも行方知れずになった者たちが消えたのはすべて月のある夜だ」

「凪のいい春になってから、晴れた夜を選んで、船出してるってわけですね」

ふたたび前方を向き直った五平が叫んだ。

「ややや、行き先は小田原じゃねぇや。丘の上にお城が見えるのが小田原でやしょう。あの船は取舵《とりかじ》を切ってやがる」

右手の高台はるか彼方に小田原城天守の瓦屋根が月光に光って見えている。

「小田原を越えたら、伊豆国か……。東岸は伊東あたりを除いて、ほとんどが御料所か旗本領だな」

江戸時代の伊豆国は御料所（幕府直轄領、いわゆる天領）、相模国の小田原藩と小田原藩支藩の荻野《おぎの》山中藩《やまなかはん》、駿河国の沼津藩《ぬまづはん》、遠江国《とおとうみのくに》の掛川藩《かけがわはん》といった諸家中の領地と、さらに旗本領に細分化されていた。また、阿多湊《あたみ》（熱海）周辺は伊豆山権現《いずさんごんげん》の寺社領であった。

御料所に関しては韮山代官《にらやまだいかん》と三島代官《みしまだいかん》が管轄《かんかつ》していたが、半島全体の統一的な支配権は存在しない土地柄だった。

弁才船は真鶴岬《まなづるみさき》沖で南へと進路を変え、羽島（初島）の方向へ舳先を進めている。

「午《うま》（南）だな……伊豆国へ向かうつもりらしい」

「阿多湊の湯にでも浸かりに行くのかねぇ」

「船を仕立てて湯治とは豪勢な話だな」

五平の軽口に冗談で答えつつも、せめて伊豆国の東岸であってほしいと、光之進は願った。

石廊崎《いろうざき》近くはふだんでも波浪が厳しく、西海岸はこの季節は西風が強い。網舟に手を加えただけのこんな木っ葉船で乗り入れたら、生命がいくつあっても足りない。

時が足りないあまりに余儀なくこんな手段《て》を選んだが、運を天に任せている部分があるといってもよい。苦肉の策は、忍びがあたう限り避けるべきだと光之進は思っていた。

光之進の憂慮を知ってか知らずか、弁才船は快調に波を蹴立《けた》てて、半島東岸を南へ下り続けて行く。

そのまま船は東岸に沿って、何刻も相模灘を下り続けた。

左手に羽島の島影をやり過ごしてしばらくしてからである。

半島南側はるか彼方の岸辺に、燃える火がぽつんと見える。

「おい、五平。ずっと先の方の岸辺を見ろ」

「光ってるものがありやすねぇ。なんですか、あれは」

「川奈の灯明台だ」

航海の安全のために、幕府は湊近くに気候観測のための日和山《ひよりやま》を設け、あわせて重要航路には灯明台を設置した。夜間航海が盛んになった十七世紀の中頃からは、灯明台は多くの船乗りの生命を守った。川奈の灯明台は「湊明堂《みなとあかしどう》」と呼ばれていた。

「つまり、どのあたりにいるんですか、いま」

光之進は懐から地図を取り出して月明かりに照らした。元禄《げんろく》十六年（一七〇三）に出された「日本山海図道大全」という諸州地図の写しである。

五十年を過ぎた今でも、旅人によく使われている図面だが、手元にある図は、光之進自身が得た知識によって細かい地名などを追記したものであった。

「湊明堂の場所と比べ見て、通り過ぎて岬の陰に入った大きな湊が網代に違いあるまい。正面は宇佐美村《うさみむら》だろう。この先には伊東の湯がある」

「やっぱり、ありゃ湯治船なんじゃないんですかねぇ」

「ははは、馬鹿を申す男だな」

このあたりの浜辺には和田湯《わだゆ》、出来湯《できゆ》、猪戸《ししど》などの湯口があり、伊東の湯と総称されて湯治客で賑わっていた。この頃は、小田原城主大久保家の領地であった。

川奈の湊明堂を過ぎて、船は断崖《だんがい》の続く岸辺を遠くに眺めながら、南へ下り続けた。

「揺れてきやしたねぇ」

「うむ……潮の流れが変わった」

光之進は額に汗がにじみ出るのを覚えた。小さな網舟の潮流や波への耐性は、弁才船と比較になるものではない。沖方へ流されたら、すぐに敵船を見失うだろう。

足元でうずくまっていた黒丸も異変を感じたらしい。耳を尖《とが》らせてすっくと立ち、舳先の彼方を見つめている。

「五平、帆をもう少し左へ向けろ」

「へいっ」

危機を察した五平もこわばった声音で答えた。

光之進は潮流に逆らい、歯を食いしばって楫棒《かじぼう》を握り続けた。

網舟の舳先が作る波しぶきが光之進に襲いかかってきた。

「少し右だ。そうそうそのくらいだ」

「腕がしびれてきやしたねぇ」

「なんとか堪《こら》えろ。こんなところで沖に流されるわけにはゆかぬ」

弁才船の艫が少しずつ遠ざかって行く。

光之進は内心に大きな焦りを覚えていた。

天頂近く、月は白く清澄に輝き、ぽかりぽかりと浮かぶ綿雲の端々が五色に染まっている。正面には半島脊梁《せきりょう》の山の端が黒々とした影をどこまでも連ねていた。

第二章　蟻地獄

一

番町を夕闇《ゆうやみ》が包み始めていた。

「少しは落ち着きなさいませ」

かたわらで、景之のためにみかんの皮をむいていた美里が笑った。

景之は書院の縁側を所在なく行ったり来たりしている。

「落ち着いていられるわけがなかろう。いまこのとき、光之進たち四人がどんな苦労をしていると思うのだ」

「されど、殿さまがいくらやきもきなさっても、ひとつも四人の力になるわけではございませぬ」

美里はあきれた声を出した。

「よくそうして涼しい顔をしておるな。そなたがそんなに薄情者だとは知らなんだぞ」

「殿さまが、自らお出ましになれれば、よろしゅうございましたね」

景之の軽口はさらりと受け流し、美里はほほえみを浮かべたままだった。

「俺が行きたかった。したが、何処《どこ》へ行くのか、何をしに行くのかわからぬのに、ご支配の許しが出るわけもないではないか」

本来は将軍を守る常備軍である旗本・御家人は、よほどの用件がない限り、江戸を離れることは許されない。だが、火盗改方は盗賊の追捕《ついぶ》とあれば、遠方へ出張ることも認められていた。とはいえ、行き先も目的も明確になっていない以上、無理な話である。

「ことに雄四郎と渚には、おとりの役目をつとめさせているのだ。雄四郎はあんなに真《ま》っ直《す》ぐな男だけに、敵の罠《わな》にはまらぬか案じられてならぬ」

「大丈夫ですよ。殿さまがお考えになっている以上に、雄四郎はしっかりしています」

「あ奴は、物心つく前に父母を亡くし、叔父《おじ》にあたる我が臣の黒川佐太郎《さたろう》に引き取られたのだ。父母の顔も知らず、多々良館で厳しい修練を受けて育った。そのためか、どこか、芯《しん》に弱いところがある」

多々良館は景之の祖父の景助《かげすけ》が、五代将軍綱吉《つなよし》の頃に甲賀山岡流の忍びを養うために設けた館である。知行地である上野国邑楽郡《おうら》（群馬県館林市）の多々良沼のほとりにあり、影火盗組の四人が物心ついた時から育ったふるさとであった。

「物心がつく前でも、ふた親にきちんと慈しまれて育ったからこそ、あんなに真っ直ぐなのではございませぬか。まだ若いのです。これからいくらでも強くなってゆきますよ」

美里は景之の憂慮をまともに取り合わなかった。

「そうそう、文旦《ぶんたん》という大きな珍しいみかんを頂きましたの」

「みかんだと、みかんなど、そこにあるではないか」

美里がむいた温州《うんしゅう》みかんが茶盆の上に並んでいる。

「それが、南国の珍しいみかんなのですよ」

「さようか。煮るなり焼くなり、適当に料理するように喜助に申しつけておけ」

袖《そで》を口元に当てて、美里は声を出して笑った。

「八田《はった》さまがお見えです」

家士の一人が廊下から声を掛けた。

「殿さま、後で文旦をお持ちしますわ……喜助の手間は無用でございます」

美里はゆったりと笑って去った。

前庭に八田左近《さこん》の巨体がのそっと立っていた。

左近は与力十騎、同心五十人の火盗改方配下の筆頭をつとめる。景之が頭に就く前から八年余りを火盗改方与力として働いてきた強者《つわもの》である。

「左近、何かわかったか」

「お頭、いつになく急《せ》かされますな」

左近は怪訝《けげん》な顔をして野太い声を出した。

「同心たちに諸家中を嗅《か》ぎ廻《まわ》らせました。怪しい商人の屋号がわかりました」

「まことか」

景之は弾んだ声を出した。

「喜多屋《きたや》と申すのだそうでございます。喜び多しと書くようですな」

「ほう、能の喜多流と同じ名か」

能のシテ方流派である喜多流は、多くの大名家の篤《あつ》い保護を受けていた。まさか、怪しい金貸しが喜多流と関《かか》わりがあるわけもなかろう。

「能ですか。芝居と違って、ありゃあ実に退屈なものですな。なにせ、見得《みえ》の場もなく、同じ調子でだらだらと謡《うた》うのでつい居眠りが出ます」

左近は本当につまらなそうな顔で答えた。

幽玄《ゆうげん》とか雅《みやび》とかいう言葉は、左近にはほど遠い。

「まぁ、左近向きではないな。そのほかに何かわかったか」

「喜多屋につなぎをつける手立てもわかり申した」

「そうか。よくやった」

左近は、一見鈍重《どんじゅう》な見かけとは裏腹に、頭の切れる男で仕事も早い。傲岸《ごうがん》なところもあるが、頼れる配下だった。

「一度借りた大名家が二度目を頼みたいときには、屋敷の表門のどこかに竹竿《たけざお》を置き忘れておくそうです」

「表の掃除の際などに置き忘れたと見せかけるのだな」

「そういうわけですな。一日か二日そのままにしておくと、屋敷に投げ文があるとのことで、どこそこで会いたいと場所を定めてくるとのことでございます」

「身どもが借りたいと申し出たいが、火盗の職責では怪しまれるに違いない」

「たしかに、まずは疑われますな」

「それ以前に、貧乏な山岡の家は見向きもされぬかも知れぬ」

「いや、さようなこともありますまいに」

左近は声を立ててぶしつけに笑った。

「代わりに、どこぞの家中の誰ぞに頼んでみることにしよう。さらに借り手がどこの家中なのかの調べを進めてくれ」

「お任せ下さい」

左近は胸をたたいて一礼すると去った。

二

雄四郎の目の前に青い薄闇《うすやみ》に包まれた陸地が見えていた。

おだやかな白波が洗う黒っぽい岸辺が続いていた。粗末な波止が見えているが、湊《みなと》ではない。

弁才船《べざいぶね》は浅瀬に近づかず、岸辺から三丁（三百二十七メートル）ほどの場所で碇《いかり》を下ろした。

「皆の衆、彼岸に着いたぞ。船を下りる支度をせよ」

尚慧の野太い声が響き渡った。

相模灘では波は静かだったが、外海を渡ってきたからにはそれなりの揺れはあった。船酔いに悩まされている者もおり、船の中にほっとした空気がひろがった。

(いったい、どこまで連れてこられたのだろう)

伊豆国には違いないが、雄四郎には自分の上陸する土地を特定できなかった。

「さぁ、また二回に分かれて、はしけに乗り移るのだ」

船頭の下知で、水主《かこ》たちが縄ばしごを下ろした。

弁才船の舷側《げんそく》下に一艘《そう》の伝馬船《てんません》が横付けされており、艫《とも》では年老いた男が艪を手にしていた。

陸に上がってみると、砂浜はきめの荒い黒砂で覆われていた。打ち上げられた海藻の生臭い匂《にお》いが雄四郎の鼻を衝《つ》いた。

網代笠《あじろがさ》をかぶり笈《おい》を背負った修行僧が二人、錫杖《しやくじよう》を手に手に待ち受けていた。尚慧とは異なり、墨染めの衣は肩までの短いもので白衣《はくえ》の袖が見えている。

(なんだ、こいつらは)

いずれも大柄で屈強な身体《からだ》つきの壮年の男たちである。

(こ奴らは武士だ……)

雄四郎には一目でわかった。

尚慧が武士であることは、光之進に言われるまで気づかなかったが、待ち受けていた二人は、浜に立つ身構えからわかる。刀は帯びていないが、男たちが錫杖を一振りすれば、町人たちの頭蓋《ずがい》は叩《たた》き割られるだろう。

(尚慧と同じく、いずれかの家中の者たちに違いない)

連れて来られた者の全員が揃《そろ》うと、修行僧の一人が無言で菅笠《すげがさ》を配った。

「皆の者、笠をかぶり、輪袈裟《わげさ》を身につけるがよい」

尚慧の言葉で、雄四郎たち十三人は黙って笠をかぶり、首から輪袈裟を下げた。

「山越えの道を行く。おのおの足ごしらえを整え直すがよい」

尚慧は厳しい顔つきで告げた。

船から降りた者たちは誰しも狐《きつね》に摘《つま》まれたような顔をして浜に立ち尽くしている。

「あのう……尚慧さま。常世の国はどこにあるんで……」

格子《こうし》縞《じま》の半纏《はんてん》を着た遊び人風の男が、恐る恐る訊《き》いた。

「口をきいてはならぬと申し渡してあるはずだっ」

尚慧が大喝した。男は、何かに嚙《か》みつかれたように身を引いた。

「そんなにたやすく常世の国に辿《たど》り着けるものと思うてはならぬ」

尚慧は厳しい声音で戒めの言葉を口にしたあと、高らかに光明真言を唱えた。

月は半島の脊梁《せきりよう》の山の端に沈もうとしていた。

尚慧は先に立って浜を歩き始めた。十三人が続き、行列の最後は二人の修行僧が固めた。

藁葺《わらぶ》き漁家の屋根並みが続く漁村の集落に、人影は見られなかった。漁師はすでに沖へ出ている刻限なのかもしれない。

水汲《みずく》みに出たのか中年の女が木桶《きおけ》を片手に戸口から出てきたが、雄四郎たちの一行を見ても、別段怪しむようなそぶりも見せなかった。

（なるほど。もし村人に見られても、遍路の一団と見られるというわけか）

白衣を着るのは金持ちの遍路に限られていた。伊豆国にも伊豆横道三十三観音霊場などの札所がある。一行は真言僧に率いられた巡礼に見えるだろう。

集落が尽きると、道幅は半間（約九十センチ）ほどに狭くなって黄土色の土がむき出しの山道に変わった。

山桃らしき林の中に続く山道は、かなりの急勾配《きゆうこうばい》だった。雄四郎と渚にとってはどうということはないが、残りの十一人の町人たちは誰しも肩で息をつき始めた。

背後の空が徐々に明るくなってきた。歩き始めてからしばらくすると、馬が通れるほどの街道に出た。人家や辻堂《つじどう》はおろか、雑木林が続くばかりで田畑一つ見えなかった。

尚慧は無頓着《むとんじやく》に街道を横切った。薄暗い道を歩いて行くと、いきなり林が切れて涸《かれ》田《た》が広がる小さな原に出た。

涸田の向こうに奇妙な姿を見せる大きな山が裾《すそ》を広げていた。

(あの山は……もしや大室山《おおむろやま》ではなかったか……とすれば、ここは伊東の湯から少し南へ下ったあたりだな)

雄四郎は忍びの修行の際に、諸国の地誌はある程度学んでいた。

湊から一里(四キロ)ほど歩いたところで、左手に大きな池が見えてきた。

谷あいにいっぱいに水が湛《たた》えられて、なかなかの景観である。池尻までは四半里(一キロ)近くもあるのではないだろうか。広さは一万坪はありそうである。

この池は四千年ほど前の大室山の噴火で噴き出した溶岩が鳴沢川《なるさわがわ》を堰《せ》き止めて生まれたもので、かつては四十万平米の大きさがあった。安政の頃から干拓事業が始められ、明治三年に隧道《すいどう》の掘削によって排水路が設けられ、大池はすべて田畑へと姿を変えた。

池の端、右手の斜面に小さな神社のあるところで道は尽きていた。

「よし、しばし休もう」

人々は思い思いに草の上に尻を置いた。中には、仰向《あおむ》けに身を投げ出す者もいた。

修行僧の一人が差し出したふくべを人々は争うように口にした。

枯れ萱《かや》の目立つ黒土の岸辺には、粗末な栈橋《さんばし》が設けられていた。尚慧は栈橋に立ち、池に向かってすっくと立って合掌した。背後に二人の修行僧も並んで立った。

三人は声を揃えて、般若心経を高らかに誦《じゅ》す。一人の修行僧は、金剛鈴《こんごうれい》を鳴らし始めた。

谷あいに澄んだ鈴の音が響き渡る。

しばらくすると、池の反対側から何かが近づいて来るのが見えた。

水面《みなも》を三人の人影が滑ってくる。

三床の筏《いかだ》である。

櫂を握っているのは、粗末な藍染《あいぞ》めの単衣《ひとえ》を着て町人髷《ちようにんまげ》を結った男たちであった。

寺男を装っているらしい。

「皆の者、いよいよ常世の国は近づいたぞ。彼岸に渡るために、おのおの筏に乗るのだ」

池の水は五尺（百五十二センチ）に満たない深さしかなさそうだった。男たちの櫂さばきは巧みで、筏は滑るように水面を進んでゆく。

岸辺を離れてしばらく進むと、すぐにまたも奇妙な姿をした山が左手に見えてきた。

深編み笠を地に伏せたような山である。ふつうに植生はあるが、一度見たら忘れられないようなかたちである。先に見た大室山よりも高いような気がする。

おまけにその山の周辺には、似たような山容のいくらか低い山が左右に鎮座している。

「見よ。あれが観世音菩薩《かんぜおんぼさつ》がお住まいになる菩薩山ぞ」

尚慧は前方左手の山を指さして合掌し、光明真言を唱え、二人の修行僧も揃って手を合わせた。

ほっと息を吐く音が次々に響き、人々は安堵《あんど》の表情を浮かべて合掌した。

（すぐそこに地獄が近づいているかも知れぬのだぞ）

雄四郎は、善男善女の無垢《むく》な思いを痛ましく思った。

四半刻（三十分）も経《た》たないうちに三床の筏は向こう岸に着いた。

陸に上がると、尚慧は砂礫《されき》の上に辿られた道を歩き始めた。すぐに生い茂る雑木林へと入る。

林が切れた。目の前に二丁ほどに渡って長く続く草木に覆われた崖《がけ》が現れた。視界に入っている高さはおおむね三丈（約九メートル）ほどであろうか。

尚慧は左手の方向へ進んで行く。崖の南端近くに素掘りの洞門が口を開けていた。

洞門の入口には城塞《じょうさい》の大手門にも似た背の高い扉が設けられていた。

分厚い樫《かし》か欅《けやき》の板材で作られていて堅固そのものに見える。いまは開かれているが、これを閉じられたら、とてもではないが、雄四郎や渚の力で開くことはできない。

さらに洞門口の上には、木々の枝で巧みに隠してあるが、物見台が設けられている。見張りの者が常駐しているのに違いない。

洞門は湾曲しているのか出口は見通せなかった。ろうそくと思《おぼ》しき薄明かりが見えている。

(いよいよ敵地か……)

雄四郎は身の危険を覚えた。

洞門を抜ければ拘束される恐れが多分にある。

少しの迷いも見せずに、尚慧は洞門に入って行く。

(いまここで刀を抜けば)

尚慧と二人の修行僧に扮《ふん》した武士など、雄四郎一人の力でも撃退できる。景之からは危険を感じたら、すぐに逃れよときつく命を受けている。

(だが、ここで戦うわけにはいかない)

いま刀を抜けば、自分が騙《だま》されて連れて来られた他の無辜《むこ》の民とは違うことが敵に知られてしまう。敵地の実情を探るという影火盗組としての使命を果たすことはできない。

(なんのためにすべての忍具を置いてきたのだ)

雄四郎は火術の腕には覚えがある。影火盗組でももっとも秀でていると自負している。だが、敵に捕らえられることを予期して、逃走に欠かせない暗薬(煙幕玉)をはじめとして一切の忍具を帯びていない。

(虎穴《こけつ》に入らずんば虎子《こじ》を得ずだ。芥川さまと五平が、なんとかしてくれるはずだ)

湊からの長い道中、一度とて二人の気配は察知できなかったが、光之進たちはいまもどこか近くの樹上にいるはずだ。雄四郎たちの退路は必ず開かれる。それまでの辛抱だった。

(だが、もし二人が追いついて来ていなかったとしたら……)

小網代から弁才船を追うのは困難だったに違いない。

渚と目が合った。

落ち着き払った渚の瞳《ひとみ》を見て、雄四郎の心は決まった。

(迷うなど、臆病風に吹かれたか。雄四郎よ)

内心で自分を叱咤《しった》し、尚慧の後に続いて洞門の入口を潜《くぐ》った。

洞門内は、歩くに不自由しないギリギリの明るさしかなかった。湿っぽい土と苔《こけ》の臭《にお》いが鼻を衝く。一行の足音に混じって、水のしたたり落ちる音が響く。

隧道はすぐに急な上り勾配となった。人がすれ違えるほどの幅を持つが、頭がつかえそうなほど低くなった。

（いる……）

暗くて判然としないが、隧道の左右にはいくつかの脇道が穿《うが》たれている。その洞穴の奥に敵の気配を感ずる。

反射的に刀の柄に手をかけた瞬間、右腕を棒状のものでしたたか打たれた。

身体は無意識な反撃に出ようとしたが、雄四郎は心で懸命に抑えつけた。

次の刹那《せつな》、雄四郎は胸を棒で突かれ、右の洞穴に引きずり込まれた。

暗い脇道に潜んでいた敵は二人である。しかも体術を修めているとも思えない。戦えば勝つ。

だが、雄四郎はただ手足をばたつかせた。

敵の一人が背後から羽交い締めにし、もう一人が雄四郎の刀を奪った。

（こやつらと戦う……わけには……ゆかぬ……）

雄四郎は唇を嚙《か》みしめて、身体の底から湧《わ》き上がる反撃の欲望に堪《た》えた。

全身に力を籠《こ》めたふりをして敵の手をふりほどこうとしている芝居を打った。使える武術を使わぬほど苦しいことはない。

「なにをするっ」

「無礼者っ、その手を放せっ」

雄四郎は歯を食いしばって体術を用いず、「ただの若党」としての抗《あらが》いに留《とど》めた。

敵の一人が雄四郎のみぞおちに一撃を食らわせてきた。

手足を無様にばたつかせているうちに、頭の後ろを棒で殴られた。激痛を覚えると同時に意識が遠のいた。

*

川奈の湊明堂を過ぎ、潮流が速くなったあたりで、弁才船は針路を陸に向けてくれた。おかげで、光之進と五平は沖合に流されることなく、無事に浜辺に着けた。

上陸してすぐの湊は、漁師の女房に訊いたところ、伊東南の八幡野《やわたの》であった。

光之進たちは敵に気づかれぬように、ある程度の距離を保って雄四郎と渚の後を追ってきた。

池の東端、つまり雄四郎たちが筏に乗った桟橋までは見失うことはなかった。だが、目の前にいきなり大池が現れた。泳いで行くのは容易だが、気づかれる恐れがあった。

光之進はいったん、雄四郎たちの後を追いかけるのは断念して、池村の近くまで戻って、村人に話を聞いてみようと考えた。二人では目立つので、五平は集落東端の山神社の境内で待たせることにした。

村の北はずれの畑で、四十年輩の農夫が畦《あぜ》に腰を下ろして休んでいるのに出くわした。

「もうし、ちとお尋ねしたいのですが」

「何んだら」

農夫は行商人に扮した光之進を怪しむようすもない。

「あの池の向こうには何があるんですかね」

「池から向こうは御留場《おとめば》だじゃ」

御留場とは将軍や諸侯の狩猟場を指している。

「小田原のお殿さまがこんなところに御留場とはずいぶん遠いやね。なにか珍しい鳥か獣でも獲《と》れるんですかい」

「さぁ、どっちにしても塀があって入れねぇら」

ごま塩頭の親爺《おやじ》は興味なげに答えて、竹水筒から水らしきものを音を立てて飲んだ。

「中にはなにがあるんでしょうね」

「奥ノ台に登った猟師の話じゃ、御狩り場じゃなくて石切丁場があるって話だら……」

(石切丁場……まことに石切丁場なのか……)

伊豆半島東岸でも伊東付近は「伊豆堅石」と呼ばれている安山岩の産地として知られる。

「で、奥ノ台ってのはどの山ですかい。池のまわりは山だらけでわかりゃしねぇや」

「ほれ、そのすぐそこの山を台ノ山って言うんだら」

親爺は池に三角の影を映す左手の一番近い山を指した。

「台ノ山のひとつ西側に並んでて、ちょびっと高い山が奥ノ台だら。ここから見えねえだじゃ」

「あの山に登る道はありますか」

「台ノ山に登ってから一度谷へ下りて登り直すしかねぇら」

「それじゃあ台ノ山にはどこから登るんですかね」

「そこの山神社の左横に登り口があるら。だけんど使ってない杣道《そまみち》だで、いくら草が生える前の時候だって、よそ者が入れたもんじゃねぇだら」

「へへへ、やめときましょう」

「だいいち、御留場に何の用があるんだか」

「いや、別に用事なんかないんですがね。ようすを見てお役人さまがたくさんいるようなら、池を渡って塀のところでお願いして、薬でも買ってもらえないかって思ってね」

「馬鹿言うんでねぇら。塀の近くまで行くとお役人がやって来て、えらい剣幕で追っ払われるだで、村の者だって近づかねぇようにしてるだじゃ」

「なるほどねぇ、そうだ。あの山は何て言うんです」

光之進は、池の左手にそびえる一番高い深編み笠の山を指さした。筑波山《つくばさん》並みの高さはあろうか。

「ああ、あの一番高いのは矢筈山《やはずやま》だじゃ」

尚慧が「菩薩山」と称していた山である。

「ありがとうございます。山の名前を覚えておくと、次に来るときの目印になりますんで。ところで、旦那《だんな》さん、『御嶽山神功丸《みたけさんじんぐうがん》』はいかがですか」

「野良へ出るのに銭なんど持ってるわけはねぇら。案配悪いところもねぇし、丸薬なんぞ要らないだじゃ」

「おあいにくさまで。それじゃ、八幡野の湊まで下りるとするかな。ずいぶん、家があったしな。大久保さまの御料所の皆さんはどこへ行っても気前がいいしね」

「お前っちは知らねぇのか。八幡野は大久保さまの御料所じゃねえだら」

「へぇ、ほんとですかい」

口から出た驚きの言葉は真実だった。さすがに伊豆の複雑な領地についての詳しい知識はなかった。

「ああ、宇佐美から赤沢まで、みんな大久保さまの御料所だけど、八幡野だけは、むかしから公方《くぼう》さまの御料所だじゃ。あすこは八幡宮さまがあるで」

光之進は農夫の言葉に納得した。

八幡宮来宮神社《はちまんぐうきのみやじんじゃ》は、かつて伊豆国の八幡宮としての地位を持ち、八幡野の地名もここから来ている。八幡大菩薩は源氏を称する徳川《とくがわ》氏の氏神として崇敬されているため、開幕《かいばく》当初から一貫して韮山代官所支配の直轄領だった。

「それじゃここいらの荷は八幡野の湊から上がるんじゃないんですか」

「富戸《ふと》の湊だじゃ」

「いくぶん遠回りですね」

「まぁ、仕方ねぇだら」

「なるほどね。旦那さん、いろいろとありがとうございました。それじゃお元気で」

「ああ、富戸の村にでも行って、お前っちも儲《もう》けるといいら」

光之進は頭を下げると、肩の荷を背負い直して田圃《たんぼ》を離れた。

池村の東の外れの斜面を登った山神社の境内で、五平が待っていた。

黒丸の首輪に結んだ縄を右手に持ち、ほろ蔵とくる介の入った籠《かご》を左手に提げている五平の姿を見て、光之進は噴き出しそうになった。傍らには光之進が背負っているものより二回りも大きな柳行李《やなぎごうり》が置いてあった。

「よく似合っているぞ」

五平は眉《まゆ》を寄せて情けなさそうな顔をした。

「こんな格好じゃ、誰にだって何の商売なんだって訊かれやすよ」

「まぁ、いい。ここいらじゃ怪しまれたところで、盗人に思われるのが関の山だ」

「そいつは、まったくありがてぇ話だね」

「それより、黒丸も、だいぶ五平になついてきたようではないか」

番町の屋敷では、いつも五平は黒丸に嘗《な》められっぱなしである。

「いや、なついているわけじゃねぇんですよ。こいつ、自分一匹の力で渚さんを救い出すつもりで、鼻息を荒くしてやがるんです」

「さすがは渚が手塩に掛けて育てただけのことはあるな。何という忠義者だ」

「まぁ、妙に素直で扱いやすいんですけれどね」

五平は黒丸の頭をなでた。

「ところで、あの山は台ノ山と申すのだが、その奥に奥ノ台と申す敵地が見下ろせる山があるらしい。さっそく登ってみよう」

「そうこなくっちゃ。そろそろぴりっとした仕事がしてぇと思ってたんでさぁ」

二人は台ノ山の登り口を探すために、山神社の石段を下り始めた。春の陽《ひ》ざしに池の水面が銀色に光って目を射た。

どこからか鶯《うぐいす》の谷渡りの声が響いてきた。

三

(冷たい)

顔に当たった水滴に雄四郎は目を醒《さ》ました。

(ここは……敵陣の中か)

薄闇に目が慣れてくると、自分が岩室《いわむろ》に作られた牢獄《ろうごく》に入れられていたことがわかった。

上体をわら縄でぐるぐる巻きに縛られている。当然ながら、二刀は奪われていた。

ほかに同房の者はいなかった。

(渚さんは大事ないだろうか)

提灯《ちょうちん》の明かりが近づいて来た。

「出ろ」

横柄な声がした。

木製の牢格子の外に腰に二刀を帯びて羽織袴《はおりはかま》を身につけた若い武士が立っている。

後ろに筏の船頭と同じような身なりの小者が二人、五尺ほどの八角棒を手にして付き従っていた。

「おぬしは何者だ」

「口を利いてよいとは申しておらぬ」

武士は居丈高な調子で言って小者に向かってあごをしゃくった。一人の小者が牢格子の扉の錠前を開けた。

もう一人の小者に八角棒で脅しつけられるようにして、雄四郎は牢の外の土間に出た。

廊下に穿たれた天窓から、光が幾筋も差し込み、舞い散るほこりが光っていた。

土間の向こう側には三畳ほどの板の間が一段高く作られていた。

(番町のお屋敷の牢と同じように、ここで詮議《せんぎ》をするというわけか)

板の間には還暦近いと思われる白髪頭の武士が座っていた。面長で目が細く、どことなく狐《きつね》を思わせる顔つきの老人であった。

「御詮議だ、そこへ座れっ」

若い武士は三和土《たたき》になっている土間を指さした。

小者たちが背中から両肩を摑《つか》んで、雄四郎を無理やり土間に座らせた。

「おぬしに聞きたいことがあってな……」

武士は老獪《ろうかい》な笑みを浮かべた。

「無言の行は破ってもよいのか」

雄四郎は鼻先で笑ってみせたが、老武士は少しも意に介さぬようだった。

「ははは、若党にも似合わずなかなか強気の男だな。おぬしのあるじは火盗改方の山岡五郎作だな。あるじから、何を探るように言いつかって参ったのだ」

老武士の目が光った。

「さて……探られてはまずいことでもあるのか」

「尋ねているのはこちらよ」

口元から笑みを絶やさない老武士だが、目は少しも笑っていなかった。

「痛い目に遭わせてくれてもよいのだぞ」

傍らの土間に立つ若い武士が、薄ら笑いを浮かべながら袋竹刀を手にした。

「ただ常世の国に参りたいから船に乗ったのよ」

「虚仮《こけ》を申すな」

若い武士が叫び、いきなり左肩に袋竹刀の一撃が喰《く》らわされた。

「痛いっ。何をするのだっ」

雄四郎にとっては大した痛みではなかったが、「ふつうの若党」を装うために、両肩を震わせて大げさに痛がって見せた。

「おぬしが素直に答えぬと、連れの女も痛い目に遭うぞ」

「ま、待て……渚はどうしたのだ。行く末を誓い合った仲なのだ」

雄四郎のこの心の揺らぎは決して芝居ではなかった。

ふたたび左肩に袋竹刀が打ち込まれた。

「まだそんな世迷《よま》い言《ごと》を申しおるのか。おぬしたち二人は火盗の密偵《いぬ》であろう」

老武士は詰問口調に変えて訊いた。

「さよう思うのなら、拙者たちを、なにゆえここへ連れて参った」

「火盗はどこまで探りを入れているのか。聞きたいのはこれだけだ」

「何も知らぬと申しておるではないか」

「おい、須藤《すどう》。何も知らぬそうだ」

老武士は平らかな口調で皮肉を口にした。

「ほほう。若もうろくですかな。療治《りょうじ》してくれましょう」

須藤と呼ばれた若い武士は、せせら笑いながら袋竹刀を振り上げた。

左肩に激痛が走った。同じ場所を繰り返し打たれているからだけではなく、須藤は段々と袋竹刀に力を籠めているようだった。

「や、やめてくれ……」

部屋中に肉を打つ音が響き続けた。

「強情な奴だの」

雄四郎は、己の肩や背中の皮膚が破れて血がにじみ始めるのを覚えた。だが、木剣と違って痛いだけで骨や筋を痛めるわけではない。

「申せ。申さぬなら、袋竹刀ではなく刀をおぬしに打ち込ませるぞ」

老武士の言葉に合わせるように、須藤が袋竹刀を放《ほう》り出す音がカランと響いた。

「やっと主膳《しゅぜん》さまのお許しが出たわ」

須藤はやおら小刀を抜いた。大刀を抜かぬのは、天井が低いからにほかならない。

西陽に刃がぎらりと光った。

「お願いだぁ。た、助けてくれぇっ」

上体を縛られたまま、雄四郎は何度も頭を下げて生命《いのち》ごいをするふりをした。

「助かりたければ正直に申せ……さもなくば」

「刀の錆《さび》にしてくれる」

須藤は小刀を中段に構えた。

「せ、拙者は何も知らぬのだ。殺されようとも知らぬものは話しようがないではないか」

雄四郎は前に転げて泣き声を上げた。我ながら浅ましい姿だが、敵を油断させて、この場を逃れるにはほかに手はない。

「それでは仕方がないな。死んで貰《もら》おう」

(本気で斬《き》る気はないな……こけおどしだ)

二人の武士からは殺気が微塵《みじん》も感じられなかった。

「そこへ直れ」

「ひぃーっ」

雄四郎は前に倒れ伏して失神した体を作った。

須藤の攻撃はやんだ。

（肌は傷めつけられたがどうということはない。木剣だったら骨を折られるところだった……）

雄四郎は内心で安堵していた。

「なんとも意気地のない奴ではございませぬか。主膳さま」

「たしかに密偵の真似《まね》ができるような男ではないな」

雄四郎の頭上で二人は冷ややかに笑った。

「このまま斬り捨ててしまいましょうか」

「いや、待て。なかなかしっかりした身体をしている。殺すのは勿体《もったい》なかろう」

「されど、主膳さま。こ奴は火盗改役の家来ですぞ」

「尚慧どのが手間暇掛けて江戸から連れて来たのだ。生かして使ったほうがよかろう。おい、四番長屋に入れておけ。これだけ傷めつけたのだ。もう縄を解いても暴れる気遣いはあるまい」

主膳の下知で小者たちは雄四郎の縛《いまし》めを解き、両腕を抱えて引きずるようにして、番所らしき部屋から運び出した。

土間と同じように三和土になった廊下を、小者たちが雄四郎を引きずって行く。

やがて廊下の開口部が見えてきた。

夕映えの空が見える。

（ああっ、これは……）

目の前にひろがるのは雄四郎の予想を超えた景色であった。

雑木林がひろく切り拓かれたゆるい斜面は、土器《かわらけ》色の土がむき出しの大きな広場となっていた。

番町の景之の屋敷は千坪ほどの敷地を持つが、広場はその十倍を超えているだろう。

広場の四方は、十何丈という高さの切り立った崖に囲まれている。傾斜がきつく、忍具なしでは、とてもではないが登れるものではない。

広場の北端あたりに間口が十間くらいもある板葺《いたぶ》きの長屋（細長い形の建物）が四棟並んで建てられていた。人の寝泊まりする場所と考えれば、一棟で五十人以上が暮らせそうだった。

長屋の前には三棟の作業小屋らしき建物も見える。小屋のまわりには何十人という人々が忙しげに立ち働いていた。

槌音《つちおと》が響き、焚《た》き火《び》の煙の臭いが漂っている。

働く者たちのまわりには、八角棒を手にした男たちが数人、監視の任に就いている。

さらに……。

東北、西北、西南、東南と、敷地の四隅に物見櫓《ものみやぐら》が設けられていた。それぞれ二人ずつの弓足軽が半弓を手に手に敷地を見下ろしている。

(いったい……何のための場所《ばどころ》なのだ。それに誰が……)

これだけの規模のものを造り、切り回しているのは、どこかの家中なのであろうか。

それにしても、何をするための施設なのか。

「おいっ、いい加減に、さっさと歩けっ」

両腕を抱えていた小者たちは、まわりを見ていた雄四郎をどやしつけて、荒々しく引きずった。

＊

一番左手の長屋に着くと、小者たちは無言で雄四郎の身体を長屋の中に押し込んだ。

背後で叩きつけるように扉を閉める音が響いた。

「いや、これは気の毒な」

背後から人のよさそうな声が響いた。

雄四郎はうなりながら振り返った。

「おお、気づいたか」

四十年輩と見えるごま塩頭の総髪の男が、のぞき込んでいる。

「あなたは……」

「わたしは医者だよ。ここに閉じ込められて怪我人《けがにん》の世話をさせられている」

なるほど手には薬籠《やくろう》らしきものを提げている。馬面で細い口ひげを生やした医者は、声の印象に変わらず好人物のように思われた。

「座って肌を脱いでごらん」

雄四郎は男の言葉に従って座った。跳ね上げ式の格子窓から入る光で長屋の中が見渡せた。ほかには誰もいない。

五十畳ほどのだだっ広い板敷きの長屋で、室内には物の饐《す》えたような臭いが漂っている。

「こりゃひどい。それにしてもひどく打たれたものだな。薬をつけて進ぜよう」

「すみません……うっ」

刷毛《はけ》で冷たい塗り薬が、雄四郎の背中一面に塗られた。薬草の臭いが漂った。

「おまえさんは町人じゃないね」

「な……んでわかるんです……」

傷口に塗り薬が染み込むと、ひりりとした痛みが背中に広がった。

「身体の鍛え方が違う。それに竹刀胼胝《だこ》が両の掌《てのひら》にできているでな」

めざとい医者のようだった。

「旗本屋敷の若党をしておりました」

「そうか。で、なにゆえ、こんなひどい目に遭ったのだな」

「わたしの主人が、ご公儀の火盗改役に就いておりますので、密偵と疑われました」

すでに主膳という武士たちに正体を知られている以上、身分を隠しても意味はない。

「ほう。お手前は火盗改方の家士なのか」

「はい、黒川雄四郎と申します。療治をして頂いて恐縮です」

雄四郎は袖を入れると、医者に向かって頭を下げた。

「医者が怪我人に療治をするのは当たり前の話だよ。わたしは村岡禄庵《むらおかろくあん》という」

「先生は閉じ込められておられるのですか」

「愚かな話だ。常世の国という言葉を信じていたわけではないが……江戸にいられなくなって、ついここへ来る船に乗ってしまった」

「やはり三浦から船でここへお見えですか」

小じわの目立つ馬面に、禄庵は恥じらいの表情を浮かべた。

「いや、ある小普請の御家人のご内儀とわりなき仲になってしまってな。そのツケがとんでもないかたちで廻《めぐ》ってきた」

「美しいご内儀だったのでしょうな」

禄庵は締まりのない顔になって口元をゆるめた。

「ああ。腰の具合を診ている患者だったのだが、たいそういい女だったねぇ。袖を引かれたのでつい……な。ところが、これが夫にあらわれて大騒動になった。夫の御家人は女敵討《めがたきうち》すると騒いで郎党を引き連れて我が家を襲いそうな塩梅《あんばい》になった」

夫ある女と姦通《かんつう》した男は、殺されても罪に問われない。宝暦のこの時期は敵討ちの届け出の半数は女敵討であったとされる。

「そこへあの尚慧という真言坊主が現れて……」

「常世の国行きを勧めたというわけですね」

「そうだよ。わたしは夜中に生命からがら江戸を逃げ出して、小網代の寺を目指した。あの坊主、わたしを医者と見込んで声を掛けたようだ」

「見込まれた上で、ここへ連れて来られて、怪我人や病人の療治をさせられているというわけですね」

「療治ねぇ……療治と言えるかどうかな……」

禄庵はあいまいに語尾を濁らせた後に、暗い顔つきになって言葉を継いだ。

「ここでわたしが強いられているつとめはな、怪我人や病人が、死にそうか治るのかを見極めることなのだ」

「で、死にそうな者はどんな扱いを受けるのですか」

あらためて問うまでもなかった。

「そのまま食事も与えられず、崖下の洞穴に投げ捨てだ。亡骸《なきがら》が腐らないように、時おり火を掛けて燃やしている。だが……生き死にはロクに確かめていないようだ」

「それはむごい……」

雄四郎は声を失った。

「わたしはできるだけ治そうとするのだが、ここの連中は死んで行く者に無駄飯を食わせたくないらしい」

「ここの連中というのは何者なのですか」

雄四郎は期待を込めて訊いたが、禄庵は首を横に振った。

「わからぬ。どこぞの家中とは思うのだが……」

「こんな山の中を大きく切り拓いているのは、何のためなのですか」

「知らなかったのか。ここは鉱山《かなやま》だ。金を掘って精錬しているのだ」

「金山でしたか」

多くの疑問が雄四郎の中で氷解した。何者かはわからないが、江戸にいられぬ者たちを常世の国へ連れて行くと偽って集め、金を掘らせている。どこかの大名家が、伊豆国のこの地で隠し金山を切り回すことで収益を得ているのだ。

「ところで、今日、新入りの女の怪我人はいませんでしたか」

「いや、聞いてないね。お手前の連れか」

「はい、渚と申して、ともにつとめていた侍女でございました。わたしはここの入口の洞門で捕らえられて渚と離れ離れになってしまったので……」

「そうか……お手前は駆け落ちの口か」

「はい、恥ずかしながら……」

「案ずるな。ここでは女手が足りぬ。余程のことがなければ、連中も手荒なまねはせぬ」

「それを伺い、安堵いたしました」

「女には賄い方や針子《はりこ》、洗濯など仕事はいくらでもある。が、男五人に女一人ほどの割合でな。四棟ある長屋のうち、女小屋は反対側の一棟だけだ」

「捕らえられている者は何人ほどなのでしょうか」

「そうさな……怪我をして死んで行く者も少なくないので、まぁ、二百人ほどだろう。坑道では、毎日のように怪我人、死人が出るのだ」

「我々を閉じ込めている連中の数はどれくらいでしょう」

雄四郎は肝心の質問に移った。

「はて……士分の者が三人、足軽が二十人は超えよう。さらに門番や見張り、筏の船頭などの小者が十人ほどおる。はっきりした数はわからぬが……」

「三十人ほどで二百人を無理やり働かせているのですか。謀反《むほん》でも起きそうですな」

尚慧が集めている者がほぼ町人に限られている理由がよくわかった。武術を修めた者は、たとえ尾羽打ち枯らした浪人者でも避けたかったのだ。それでも身体頑健な者を集めているからには、不満が募れば、謀反の危険はあろう。

「いや、その点では、ここの仕組みは実によくできている。奴らは連れて来られた者の中から小頭《こがしら》を選び出している。小頭に任じた者は、危なく厳しい坑道の仕事から外し、精錬や出荷を差配させている。おまけに何人かに八角棒を持たせて敷地内を歩き回らせているのだ」

「つまり連れてきた者の中から、手下を増やしているのですね」

「その通りだ。上の連中に対して、足軽や小者よりも忠義を尽くしていると言ってよい。小頭は十人ほどおろうか」

「本来は虐げられている者が、さらに下の者を虐げているのですね」

為政者というものは常にこうした仕組みを作って下々の者を支配しようとする。

「小頭にはよい食い物を与え、さらに望む者には女と暮らす小屋も与えるのだ。小頭となった者たちは、江戸よりよい暮らしができているだろう。逃げ出すはずもないよ」

「だが、いつかは終わりが来ますね」

「そうさな、最後は見えている」

禄庵は暗い顔でうなずいた。

「金鉱脈が涸れたと同時に全員が……」

「そうだ。ばっさりだ。用済みの者の死骸《しがい》は、炸薬《さくやく》でも仕掛けて埋められるであろうな。わたしとておなじことだ。ここの秘密を知ってしまったわけだからな」

「逃げだそうとは思わぬのですか」

「無理だ。夕飯を食ったら行水をさせられ、長屋に入れられる。その後は、陽が出るまでは一切外へは出られぬ。あの扉の外には厠《かわや》の小屋が続いているでな」

「ははぁ、なるほど、あれは厠へ続く戸口でしたか」

「朝になったら、外へ出て一日働かされるが、見張り台からは足軽の弓が狙《ねら》っているし、作業場や坑道では八角棒を手にした小頭が怠ける者には鉄槌《てっつい》を下す。おまけにまわりは深山に囲まれて出入口はあの洞門ただ一箇所だ。逃げるなどしょせんは無理な話だよ。もう一つ逃げられぬわけがある」

「どのようなわけでしょうか」

「運よく外へ出られたとして、その後はどうするのだ。船が待っているわけではないぞ。仮に東浦路《ひがしうらじ》を北へ上ったとしても、箱根関を通れぬ」

「たしかに……だれも手形を持っていませんからね」

「この鉱山の話をしたとして、誰が信ずるというのだ。乱心者扱いされるだろうし、関所を通してもらえるはずもない。江戸へ帰ることのできる者など誰もいない」

「なるほど……この鉱山の檻《おり》の外にも目に見えぬ檻があるというわけですね」

「ここにおればとりあえずは飯は食わせてもらえるが、蟻地獄《ありじごく》も同じよ。ま、お手前も覚悟を決めるがよい。いっそ小頭に取り立ててもらったほうが、愛し女《いと》と一緒に楽に生きられるぞ。あくまで鉱脈が涸れるまでの間だがな」

禄庵は力なく笑った。

「ところで、見張りは夜はつかぬのでしょうな」

「いや、夜も交代で見張りはつく。なにせ、西側の蔵には金をためこんでいるのだ。盗賊でも入ったら困るのであろう。陽が落ちると、何箇所かの灯籠《とうろう》に火を点《とも》して敷地を明るくして見張っている」

「夕飯は外で出されるんですね」

「ああ、そうだ。この長屋の前の左端の洞門に近い小屋、三番と呼んでいるが……三番の小屋に厨《くりや》があって、前庭に鍋《なべ》や釜《かま》が出される。そこへみんな食いに行くのだ。夕飯の時には鐘が鳴らされるよ。……そうそう、お手前は初めてだから、賄い方に申し出て椀《わん》や箸《はし》を貰うといい」

禄庵は親切に付け加えた。

（夕飯時には人がごった返すだろう。そのときを狙って渚と合流し、この鉱山の弱点を探し、囚《とら》われ人を逃がす工夫を考えよう）

雄四郎はいよいよ忍びとして働くときが来たと、気を引き締めた。

（必ずや芥川さんと五平は、近くまで来ているはずだ）

二人がこの地に辿り着いていないとすれば、苦しい戦いになる。だが、それでも手をこまねいているわけにはいかなかった。

禄庵と出会えたことは幸いだった。早くも敵陣についての詳しい情報が得られた。雄四郎は幸先のよさを感じていた。

四

山神社脇にある登り口はすぐにわかった。

光之進たちは息を弾ませることもなく、雑木林に続く道を上り続けた。台ノ山まではきちんとした杣道があり、四半刻の半分くらいで頂上に辿り着くことができた。

そこから続く道は谷を高巻きして岩の多い斜面を西へ続いていた。目の前に奥ノ台と思しき頂上が見えている。池対岸にそびえる矢筈山の半分ほどの高さであろうと光之進は目測した。

途中、女の腕ほどもある太い蔓《つる》に摑《つか》まって崖をよじ登ったり、瀬音を立てる急な沢を渡ったりして、少しずつ頂上への距離を詰めていった。

「この奥ノ台に登った猟師がいるってぇのが驚きでやすねぇ」

さすがの五平も肩で息をしている。

「そうだな。我らは道なき道を登る術を修めているが、常人では無理だな」

黒丸が先に立って藪《やぶ》を駆け下りて行く。

「五平、河原鳩《かわらばと》の籠を落とすなよ」

「へいへい。まったくひでぇ道だね」

藪漕《やぶこ》ぎをしながら下へ進むと、ほどなく視界が開け、広い岩棚に出た。

畳三枚を三列に並べたほどの大きさで中空に突き出ている。すぐ下には草原になった長い斜面が続いていた。山神社からおおよそ半刻（一時間）は歩いていた。

「どうだ、五平。これは驚いたな」

岩棚に立った光之進はうなり声を抑えられなかった。

正面の矢筈山を初めとする六座ほどのまわりの山々に囲まれた小さな盆地がそこにあった。手前に深く狭い峡谷があり激流が白い帯を作っていた。

広場の長屋近くでは、何十人という人々が働いていた。槌音が谷あいにこだまして響いた。風に乗って焚き火の黒っぽい煙が漂ってくる。

「ずいぶん多くの長屋やら小屋がありますねぇ」

「ここは鉱山《かなやま》だな」

「なんでわかるんですか」

「あそこに三棟建つ小屋の右手を見ろ」

「五人が槌でせっせと岩を叩いてますね」

「あれは鏈拵《くさりこしらえ》といって、金や銀の含まれている部分を取り出している作業に違いない。その横を見ろ」

「焚き火みたいに炎が上がってらぁ」

「取り出した鉱石《いし》に鉛を加えた上で炎で熱を加え貴鉛《きえん》と呼ぶ塊を作る。鉄などの要らないものを取り除く仕事をしているのだ」

「やっぱりいろいろ手間が掛かるんですねぇ」

「いまは見えておらぬが、貴鉛を灰吹床《はいふきどこ》という道具へ入れ、ふいごで風を送って高い熱を加える。鉛を灰へ染み込ませて、灰の上に金や銀を残す。土肥《とい》金山《きんざん》や石見《いわみ》銀山《ぎんざん》などあちこちの鉱山で盛んに用いられている灰吹きと申す手順だ」

「つまりここは、鉱山《かなやま》のなかでも、金山か銀山ってわけですね」

「そうだ。どこぞの家中の隠し金山に相違ない。ここへ登ってくる道筋にもオニシダがずいぶん繁っていた。別名を金山草《かなやまぐさ》と申して、金鉱脈を持つ山によく生える草なのだ」

「オニシダってのは、伊豆には多い草なんですか」

「信濃《しなの》や飛驒《ひだ》の山あいに多いと聞くが、そもそも伊豆国は金山だらけの土地だ」

「こんな大それた鉱山を作ったのは、どこの連中でやしょう」

「少なくともこの池村を差配する小田原大久保家の役人は一枚嚙んでいるであろうな。されど、これだけの鉱山を大久保家だけではまかなえぬような気がする。なにせ、金や銀の取引はご禁制だ。ここで作った金か銀をどのような手段で売りさばいているのか」

たとえば金の場合、全国の金山で生産された山出金《やまだしきん》は、勘定奉行の支配となる金座が一手に買い受ける。そのほかに山出金の買い受け先はないはずである。

「もう一つ気がかりなのは、弁才船が出入りしているのが八幡野の湊近くだということだ」

「一番近いからじゃねぇんですか」

「たしかに近い。が、八幡野村は御料所だと聞いた。もし、大久保家だけで、この鉱山を仕切っているのなら、わざわざ御料所の湊から積み出したりするまい」

「つまり、どういうことです」

「要するに、大久保家の領分内にある富戸の湊を使わないのは、小田原の城中に知られたくないからだ。五平は伊豆国の御料所の差配を存じておるか」

「どなたが差配なさってんですか」

「享保《きょうほう》の初め頃から勘定奉行だ」

伊豆国の御料所は元禄頃から、ほとんどの村が韮山代官所の支配下にあった。韮山代官は代々、江川《えがわ》家の世襲職であった。

ところが、享保八年（一七二三）に当時の韮山代官であった江川英勝《ひでかつ》に不正があり、代官職を罷免《ひめん》された。この年以降、韮山代官所の支配だった土地は、すべて勘定奉行の直轄地となっていた。

江戸にいる勘定奉行では目が届きにくく、治政の上での不都合が多くなった。このため、宝暦九年（一七五九）には江川英征《ひでゆき》が韮山代官職に復帰し、伊豆国の御料所を一円支配する体制に戻って維新を迎えた。

言葉を換えれば、この時期の伊豆国は、もっとも公儀の目の行き届きにくい時代であったとも言える。

「まずは殿へ、この鉱山のことをお知らせせねばならぬな」

光之進は矢立《やたて》と伝書鳩用の薄紙を取り出し、江戸の景之への文をしたため始めた。

こちらの内情を書いた書状と鉱山の見取り図を書き終えると、錫《すず》でできた足輪に入れた。

「五平、ほろ蔵を籠から出してくれ」

籠から出したほろ蔵に、光之進は山胡桃《やまぐるみ》と麻の実を与えた。

「一刻半（三時間）もあれば、間違いなく番町の殿のもとへこれを届けてくれるはずだ」

光之進はほろ蔵の右足に足輪を取り付けると、陽の傾きかけた大空に放した。ほろ蔵は東の空へ大きく羽ばたいて小さくなっていった。

「よしっ、今度は黒丸の出番だ。わずかだが忍具を腹帯に仕込んで二人のもとへ運んでくれよう。また、書状も書かねばならぬ」

光之進はほろ蔵に持たせたのよりは厚い懐紙を取り出して、筆を下ろした。

＊

調子の高い鐘の音が谷あいに響き渡った。

「ほれ、あれが夕飯の時間を告げる鐘だ。半刻ほどで次の鐘が鳴る。そうしたら、飯を終えて行水を使い、小屋に入らねばならぬでな」

「小屋に入る時に人数を数えるなどするのですか」

「なに、そんな面倒なことはせぬよ。ともに三番小屋に参ろうではないか」

「場所がわかりませぬゆえ、助かります」

敵に捕らえられて傷めつけられた雄四郎だったが、袋竹刀だけに、一刻ほど休んでいたら回復し始めていた。

禄庵の薬が効いたのかもしれない。が、もともと、敵は雄四郎を働かせようと考えて、徹底的な攻撃を加えなかったようだ。

禄庵に続いて、雄四郎は小屋を出た。

敷地内を初めてしっかりと物見できる。

ここへの唯一の入口である洞門口の上には、張り出した手すり付きの物見台が設けられている。夕闇の中に四つの黒い人影が認められた。

(弓足軽が三人配置されている)

その上、出口すぐのところに一丈(約三メートル)ほどの高さの竹柵《ちくさく》が並べ立てられていた。

(あれは、枡形《ますがた》だ。念の入ったことに、出入りに手間が掛かるように、竹柵で枡形を作ってあるのだ)

雄四郎は、広場をはさんだ南側に視線を移した。

初めて番所をしっかりと遠望できた。ほかの建物とは比べられぬほど立派な切妻の建物だった。三人いるという武士はここに寝起きしているのだろう。

隣には禄庵が「金をためこんでいる」と言っていた木造の蔵が建っている。

雄四郎が最初に閉じ込められていた牢屋は渡り廊下を経た崖下にあった。牢屋の右手には坑口らしきものも見える。

番所の手前にも物見櫓が一基、屹立《きつりつ》していた。

（敷地四隅と番所横の五箇所の物見櫓にそれぞれ二人ずつ、洞門上に三人、つまり十三人の弓兵が我々を狙っているわけか……うかつには動けぬな）

木を組んで障子紙を貼《は》った灯籠も五箇所の近くに設《しつら》えられていた。夜も見張りを立てていると言っていた禄庵の言葉を裏付けるものだった。

少なくとも武器を奪われて丸腰のいまは、慎重な上にも慎重な行動を心がけなければならない。

小屋の前には人垣ができていた。

男たちは、若く筋骨のたくましい者が多い。ここへ連れて来られたときに身につけていたと思われる着物か、またはお仕着せと思われる濃鼠《こいねず》無地の小袖を着ていた。作業の都合なのか、尻端折《しりはしょ》りして股引《ももひき》を穿《は》いている。

だが、誰しも着物は薄汚れており、いままで激しく働いていたように思われる。どの顔にも言いようのない疲労感と倦怠感《けんたいかん》が浮かんでいた。

「ほら、争わんできちんと並べ。列を乱す者はこの棒が飛ぶぞ」

こざっぱりした身なりの中年男が八角棒を振りかざして声を張り上げた。この男も禄庵が言っていた小頭の一人なのだろう。

飯の甘い匂いと味噌汁《みそしる》の香ばしい匂いが漂ってくる。腹は減っているが、いまは飯を食っている場合ではない。忍びは水さえ飲んでいれば、数日はふだんの体力を保てるように修行している。

「ほれ……あそこの女たちから椀と箸を貰ってくるのだ」

五人の女が大鍋の前に並んで立ち、大きな杓子《しゃくし》で味噌汁をよそっている。こちらは全員が濃鼠色のお仕着せを身にまとっていた。髪を結うゆとりがないのか、誰しも頭を綿布で古風な桂巻《かつらまき》にしている。

「あれはっ……」

女たちの一人を見て、雄四郎は、つい声を上げそうになった。

身なりは変わっているが、湯島の菓子屋、三国屋の女房、登勢に違いなかった。

（やはり、駆け落ちしてここへ来たのか）

店にいたときとは違い、力ない顔つきが気になる。声を掛けたいのをぐっとこらえ、雄四郎は、列から離れて人混みの中に戻った。

三番小屋の周辺は、立ったまま飯を食っている者たちや、一足遅れて列に並ぼうとしている者たちで立錐《りっすい》の余地もないほどごったがえしている。傍らに掘られた井戸の釣瓶《つるべ》に柄杓を突っ込んで、水を飲んでいる者も数人、見受けられた。

禄庵はすでに味噌汁を掛けた飯を手にして夢中で掻《か》き込んでいて、雄四郎の動静には関心がなさそうだった。

そのときだった。

けたたましい叫び声が敷地内に響き渡った。

「俺は嫌だぁっ」

人垣から一人の男が激しい勢いで飛び出して行った。人に驚いた野ウサギが草むらから駆け出す。そんな姿に似ていた。

(あいつだ。あの男だ)

格子縞《こうしじま》の半纏《はんてん》の背中が洞門の枡形へ向かって遠ざかって行く。ここへ一緒に連れて来られたあの遊び人風の男に違いなかった。

男が洞門まで五間（約九メートル）ほどの距離に近づいたときである。

洞門上の物見台からいっせいに矢が放たれた。

続けて番所脇の物見櫓からも数条の矢が飛んだ。

男の身体は、瞬時にして針山のごとくになった。

「ぐわわあっ」

左胸に突き刺さった矢を抜こうとして、もがきながら男は力尽きた。

ずしんという音とともに前に倒れ伏した身体から土煙が上がった。

「きゃあああっ」

まわりの人垣から女の甲高い悲鳴が上がった。

ざわめきが広がる。

「いいか見ただろう。逃げようなんて不埒《ふらち》な奴は、ああなるんだぜ」

小頭と思しき男が鼻先でせせら笑った。

「おとなしく働いていりゃあ、おまんまにありつけるんだ。ゆめゆめ逃げようなんて不了見を起こすんじゃねぇぞ」

男は脅しつけるように八角棒で地面を突いた。

人々はいまの悲劇を見なかったふりをして、倒れた男から目を離した。

番所から二人の小者が出てきて、遊び人の身体を西の方角へ運び去った。

（囚われている二百人はまさしく袋の鼠《ねずみ》だな。遊び人だけに、万事窮屈なここの暮らしが始まることに堪えかねたのだろう……気の毒に）

雄四郎は西へ向かって合掌した。

（ところで渚どのはここに来ているのか……）

人垣の中に渚のすらりとした姿形を探した。

「よかった。無事だったのね」

背後からささやきが響いた。

ほかの女たちと同じようなお仕着せを身につけた渚が立っていた。

「渚どのっ」

渚は唇に指を捺《お》し当てた。

雄四郎は目配せしていちばん近い長屋の裏へと渚を誘った。誰もが飯を求めて三番小屋に集まっているため、居住区の長屋の裏には人気がなかった。

「ご無事でしたか」

雄四郎は忍び独特の声帯を震わせない発声法で話しかけた。

「持ち物を改められてから、厨で働いていただけ……それより、怪我をしているじゃない。大丈夫なの」

渚も同じ声音で答える。渚は二つ年下だが、いつもどこか姉さん風を吹かすところがある。

「袋竹刀で少し叩かれただけで、骨や筋は大事ありません」

一方で、雄四郎はどうしても丁寧な言葉を使ってしまう。渚は丁寧な口調を嫌がっているが、なかなか改めることができなかった。

「本当に大丈夫なのね。それならいいけど……雄四郎さんが洞門で横穴に引きずり込まれたときには、自分の手足が敵を叩きのめそうと、つい動きそうになるのを、懸命に我慢したのよ」

「洞門から逃げだそうとした男が一人、射殺《いころ》されましたね。船で一緒だった格子縞の半纏を着た男です」

「囚われている人たちは何度もあんなひどい場面を見せつけられて怯《おび》えているのよ」

渚は顔を曇らせた。

「中には五箇所の物見櫓と物見台にあわせて十数人の弓足軽か。うーん、こいつは手《て》強《ごわ》いですね。まるで城塞《じょうさい》だ……」

「なんとかできるはずよ。手立てを二人で探しましょ」

渚は強気を崩していない。

「この夕飯時が好機ですね。わたしが広場の南側を見て回ります。渚どのはここで待っていて下さい」

「ここは物見櫓の死角になっているけど、ちょっと動くと見つかってしまう。さっき見たとおり、うかつな動きを見つけられると、矢が降ってくる」

「だいぶ暗くなったから大丈夫ですよ。一回りしたら、ここへ戻ってきます」

雄四郎は言い残して、崖に身体を貼りつかせるようにして長屋の裏手を西端へ急いだ。

地面に伏してわずかに顔を上げ、西北の物見櫓を盗み見る。

木製の櫓組で、屋根掛けはあるものの欄干だけで、矢弾除《やだまよ》けの楯板《たていた》はなかった。城塞とは違って、内部の監視用の望楼で、外から攻められる恐れはないので当然だろう。

だが、高さが三丈もある。

(手裏剣では無理だな……)

下から三丈では、手裏剣が届いたとしても効果的な打撃を加えることは難しい。物見櫓の弓足軽を無力にするためには、弓矢か鉄砲が必要である。

二人の弓足軽は半弓を手にしてはいるものの、暇をもてあまして緊張感は感じられない。弓鉄砲を手に入れられたら、一箇所ずつ攻めるのはたやすいことであろう。しかし……。

（いっぺんに六箇所の攻撃はできない）

雄四郎と渚で一箇所ずつを攻撃しても、二人の弓足軽を倒している間に、ほかの物見櫓の矢を背中に受けることは火を見るより明らかであった。背後だけなら防ぐ手もあるが、多方向から一度に襲い来る矢は避けようがない。

物見櫓にはそれぞれ梯子《はしご》が設けられており、誰かが簡単に登って来られないように下部には覆いの長い板が掛けられているという入念な構造だった。

この板裏は当の櫓からは真下で見えない上に、ほかの櫓からも死角になっていた。櫓付近で身を隠す唯一の場所であった。

（あとは番所を物見せねばならぬ。どうやって広場を向こう側へ渡ればよいものか……）

あたりを薄闇が覆い始めた。が、まだ、動く人影は物見櫓から視認できる。

物見櫓の真下は死角だが、広場に出れば、反対側の西南の物見櫓にいる弓兵に間違いなく見つけられる。

（崖に貼りつくようにして進めば、何とかなろう）

西側の崖に貼りついた雄四郎は、広場の向こう側の南面にいっさんに走った。

（矢が飛んできたらおしまいだ）

額から汗が流れ落ちる。

身体に当たる風の抵抗のために、耳元で小さなうなり音が聞こえる。

どの物見櫓からも見つかることなく、雄四郎は広場を端まで渡り終えた。西南の物見櫓の真下の死角に身を潜める。

雄四郎は意を決して南側の崖下に貼りつき、番所の方向に向かって静かに横歩きして進み始めた。

しばらく崖沿いに進むと、鼻を衝く腐臭が漂い始めた。

（うっ、これは……）

禄庵の話に出てきた、ここで死んだ者たちの亡骸が腐る臭いに違いない。惨状を囚われている者たちの目に触れさせないためか、背丈よりいくらか高い竹垣の囲いが設けられている。

囲いを越えると、腐臭はさらに強烈なものとなった。木材の焼け焦げた臭いを破って、腐臭は雄四郎を襲った。

（あっ）

古い坑口と思われる洞穴の入口に薄汚れたお仕着せを身にまとった男が一人倒れて

いる。地面には男が這《は》ってできたと思われる摺《す》り跡が洞穴の奥へと続いている。

(やはり生き死にを確かめずに、ここへ放り込んでいるのだな……)

雄四郎が洞穴を通り過ぎようとしたそのときである。

いきなり右足首を強い力で摑まれた。

「た、助けてくれ……」

顔をわずかに上げて、男はかすれた声にならない声を絞り出した。

男が頭に巻いた晒《さら》しにはどす黒い血の染みが大きく広がっていた。

幽鬼のようなどす黒い顔にはありありと死相が出ていた。

「俺を……と、登勢のところへ……連れて行ってくれ」

男はかすれた声で懇願して雄四郎の右足にしがみついてきた。

(いまはおぬしに構ってられぬ)

哀れとは思いつつも、雄四郎は右足を蹴《け》って男の手をふりほどいた。男は手を放し、その場に倒れた。

(すまぬ、生きられる者をまず助けねばならぬのだ)

雄四郎は心の中で手を合わせて、後を振り向かずに、崖沿いを番所の方向へ進んだ。

番所の東側側面に廻りこんだところで、建物の中から人の声が響いてきた。

風のないことを確かめ、雄四郎は注意深く障子を紙一枚の厚さほど開けて部屋をのぞき込んだ。

書院と呼ぶにはあまりに粗末ではあるが、ここで初めて見た畳敷きの部屋であった。八畳ほどの広さであろう。

床の間を背にして端座しているのは、ここへ着いたときに雄四郎を尋問した主膳という老武士だった。向かいあって座る若い武士には見覚えがなかった。

「主膳さま、まことでございますか」

「うむ……これを見よ」

一通の書状を主膳から受け取った若い武士は、一読してうなり声を上げた。

「江戸《えど》表《おもて》からの沙汰《さた》とあればやむを得ませぬな」

「仕方あるまい。江戸表はそもそも初めから乗り気ではなかったのだ」

（やはりどこぞの家中か。江戸表とは誰を指すのだ）

雄四郎は聞き耳を立てたが、主膳は話題を変えてしまった。

「この一月ほどどんなに掘っても、少しの金も採れぬ。ここの鉱脈はもはや涸れたとみるほかはないだろう」

「尚慧さまは、さぞ、おかんむりでしょうな」

「今日、十三人を連れて来られたばかりだからな。しかし、あのお方とて、いつかはこの日を迎えることは初めからご承知のはずだ」

「それでも、ご機嫌斜めでしょうな。尚慧さまには近寄らぬように致しましょう」

「お上からの急なお召しで、この書状を運んで参った早船で、すでに伊豆を離れたわ」

二人の会話から、尚慧がこの武士たちよりも上席の立場であることが覗《うかが》えた。やはり、僧形は世を忍ぶ仮の姿なのであろう。

「……で、いつでございますか」

若い武士は声を低くして訊いた。

「拙者たちが引き上げるための船は明後日《あさって》にも八幡野に入るとの話だ。さっそくに明日のうちにでも始末をつけよう。まずは運び出せていない金塊を八幡野の蔵まで移さねばならぬ。小者たちから五人ほどを選んで運ばせる」

やはり隣の蔵は金塊を収蔵してある倉庫なのだろう。

「囚人たちは、いかように始末するご所存ですか」

「明日は一日、敷地内の片付けをさせる。夕飯後に鍵《かぎ》を閉め長屋ごと燃やそう」

「油を掛けて燃やせば、逃げられる者もおりますまい」

「小者たちでは度胸があるまい。邪魔になる。足軽のみに任せよ。矢島《やじま》、そこもとが采配《さいはい》を振れ」

「はっ……寝覚めのよくない役回りですが、お下知とあれば」

「小者たちには坑道を埋めさせよう。さらに我らが退出した後で入口の洞門を埋めるのだ。万が一にも、この鉱山に入って来る者がいては焼け跡や亡骸が見つかって騒ぎになるからな」

「騒ぎになったとて、我らに辿り着く者はおりますまい」

「さようなことは断じてないと思うが念のためだ。麓《ふもと》の百姓たちも脅しつけておいたゆえ、杣人《そまびと》が入ったとて草が生えた後だろう。足軽、小者たちには今宵のうちに伝えるがよい」

「かしこまりました」

「囚人たちにはくれぐれも気取られぬようにな」

「念には及びませぬ」

矢島と呼ばれた若い武士は頭を下げて去った。

(何という非道な連中だ)

雄四郎は怒りがこみ上げてきて、握りしめた両の拳《こぶし》の震えを抑えられなかった。

禄庵の予想は当たっていた。人々を騙して連れてきて厳しい労役をさせた上で、用がなくなれば塵芥《ごみ》のごとく燃やしてしまおうというのか。

(こ奴を虜《とりこ》にして、ほかの武士を脅しつけ、囚われ人を逃がしてやろうか)

文机《ふづくえ》に向かい直して書き物を始めた主膳の背中は隙《すき》だらけだった。

(いやいや、こ奴程度の身分ではほかの者たちは見捨てるか……)

この家中でどんな役に就いている男なのかはわからないが、それほどの値打ちがある人物とは思えなかった。

*

雄四郎は番所の裏手に戻った。

少なくとも番所に大した武備はないものと思われた。それ以上に、人々を救うために早くなんとかせねばという焦りが雄四郎の心を急かしていた。洞門口の物見台下を通って広場を渡るのは、元の経路を逆に戻るほかはなかった。

いくら何でも無謀だった。

異臭が漂う廃坑跡を通り過ぎる。倒れ伏した男はすでに動かなくなっていた。

西北側の物見櫓も無事に通り過ぎ、元いた長屋の裏手に辿り着いたときには、ほとんど陽は暮れ落ちていた。だが、鍛え抜いた雄四郎の目は、まだまだ夜目が利く。

薄闇の中から渚のすらりとした身体が近づいて来た。

「番所でとんでもないことを聞きました。ここは明日の夜に焼かれます。このままでは囚われている人はみんな殺されてしまいます」

「なんですって」

渚は目を見開いて絶句した。

「詳しく話して」

雄四郎は、ここが隠し金山であり、三人の武士に支配され、配下の足軽が二十人ほどで守っていること。鉱脈が涸れたので、江戸表なる者からの下知で、鉱山を見捨てると決したことなど、禄庵と主膳とから聞いた話を渚に伝えた。

「敵は、明日の夜には囚われ人を長屋に閉じ込めた後、油を掛けて焼き殺すと言っています」

「なんとか……しないと……」

渚は目を見開き、声を震わせた。

「そうなんです。それも今宵のうちに」

「もうすぐ鐘が鳴るでしょ。そうしたら、灯籠に火を入れながら敷地内を見張りが廻るらしいの。ここも危ない。長屋に入っていないだけで捕まってしまうのよ」

「のうのうと長屋に入っているわけにはいきませんよ。鍵を掛けられたら、出るのに一苦労だ。なにせ、二人とも苦無《くない》一つ持っていないんですから」

「そろそろ戦う覚悟を決めなきゃね」

渚の顔には緊張と昂揚《こうよう》の入り交じった表情が浮かんだ。

「でも、困りましたね。芥川さんと五平がどうしているのかわからない」

「なんとかつなぎを取りたいけれど、その前に身を隠す場所を探したいわね」

「たぶん、大丈夫な場所があります。見張りが廻ってこない場所が……」

「そこへ行きましょ」

「ただ……あんまり気分のいいところじゃありませんよ」

雄四郎は渚を南側の廃坑口近くへ連れて行った。目隠しの竹垣の中へ入る。

「ひどい臭い……」

渚は袖で口元を覆った。

「おわかりでしょう。死臭ですよ」

先ほどしがみついてきた男は、同じ場所で突っ伏したままだった。

一目見ても、すでに事切れているとしか思えなかった。

合掌をした雄四郎は、すぐに目をそらした。やはり内心に忸怩《じくじ》たる思いはあった。

「この廃坑は死者や病者を捨てる場所なんです。この男は先刻、わたしが通りかかったときには生きていました。重病で坑内に捨てられたが、なんとか生きようとしてここまで這って出て力尽きたのです。物の焦げた臭いもするでしょう。時々木を積んで火を点《つ》けるのだそうです」

「恐ろしい場所ね」

一瞬身を震わせて言葉を呑《の》んだ渚は、すぐに平静な態度を取り戻した。

「でも、よかった。一箇所でも敵の盲点があって。ここなら気味が悪くふつうの者は近づかないし、竹垣のおかげで、どの物見櫓からも目が届かないわね。ゆっくり計略を練ることができる」

渚はさらりと言ってのけた。

(忍びとしては一流の心構えだ……)

雄四郎は渚の切れ長の冴《さ》えて輝く瞳を見た。

いつもながら、忍びとして渚に遠く及ばないものを感じた。

谷あいに甲高い鐘の音が響き始めた。

「灯籠に火を入れに見張りが廻ってくるわね。念のため、しばらく廃坑に身を隠していましょうよ」

渚は身を翻して、廃坑の坑口に足を進めた。

雄四郎は鼻を押さえて渚の後に続いた。洞穴に入ると、さらに異臭は強まった。目と鼻につんとくる刺激も耐えがたかった。

洞穴の奥に積み重なる死骸は、忍びとして何ごとにも動ぜぬ心を養っている雄四郎にもさすがに薄気味が悪かった。

「ここなら間違いなく見張りはやって来ない。身を隠すにはうってつけね」

洞穴を見回しての渚の一言だった。

(やっぱり渚どのは筋金入りだ)

「ともあれ……まずは物見櫓です」

「六箇所もあるのでは、二人では無理ね」

「手裏剣があったとしても、二人ではどうにもなりませんね」

「たしかに、そうねえ……」

「ここは守りの堅固な城塞ですね。うまく作ったものだ。芥川さんと五平が揃ったとしても難しいですね。そもそも二人は追いついてきているのか……」

雄四郎が言いかけたときである。渚が唇に指を当てた。

「何か聞こえる……」

渚はささやいて、坑口に視線を移した。

黒い塊が一直線に駆けて来る。

獣だ。

反射的に身構えた次の瞬間、獣は、渚の足元を目がけて飛び込んできた。

「黒丸っ、おまえ黒丸じゃないのっ」

渚が小さく叫んだ。

かがみ込んだ渚の乳のあたりに、黒丸は鼻をすり寄せて、はっはっと息を吐いている。

（やはり二人は……芥川さんと五平は追いついていた。近くの山に身を潜めて自分たちを見守ってくれているのだ）

雄四郎が抱えていた憂鬱《ゆううつ》の半分は吹き飛んだ。

黒丸の腹が不格好にふくれて垂れ下がっていた。別の犬の黒い毛皮で作られた腹帯を黒紐《くろひも》で胴に巻かれているのだ。

雄四郎は急《せ》く気持ちを抑えかねて黒丸の腹帯に手を掛けた。

「ガルルッ」

黒丸が歯を剝《む》き出してうなった。

「わかった。わかった。お前はこれを渚どのに届けに参ったのだな」

「仕方ないわねぇ。ほら、黒丸、預かったものをわたしに頂戴《ちょうだい》」

渚が手を伸ばすと、黒丸は背を伸ばしてしっかりと立った。

腹帯の中からは待ち望んでいたいくつもの忍具や矢立と筆が出てきた。

「これで丸腰ではなくなりましたね」

「たったひとつでも武具を持つとホッとするわね」

渚は口元に笑みを浮かべた。

「芥川さんたちは長屋裏の北側の崖上にそびえる奥ノ台という山の上にいるそうです。いまこの場所からは見えませんが、ここの敷地が俯瞰《ふかん》できるとのことで、上から見た見取り図も入っています」

雄四郎は、渚に見取り図を見せた。物見櫓、長屋、小屋などは自分たちの記憶と違いはなく、図面は正確だった。さすがは光之進である。

「助かるわね。ここからだと建物同士の位置がわかりにくいから」

「こちらの状況を報《しら》せてほしいということです」

「黒丸に書状を託したとしても芥川さまのいる場所に帰れるかしら」

雄四郎は黒丸の力を信じたかった。

「険しい崖もあるそうですが、芥川さんの見立てでは、ほんの六丁（六百五十四メートル）ほどしか離れていないようです」

「黒丸なら大丈夫ね」

「こちらのようすを知った上で、芥川さんが軍配（策戦）を考えて下さるそうです」

竹垣の向こうがほんのりと明るくなった。そっと覗《のぞ》くと、見張りの小者が灯籠に火を入れて廻り始めている。広場のあちこちで手燭《てしょく》の炎に照らし出される小者たちの影が、雄四郎の目には地獄の獄卒のようにも見えた。

小者たちが番所に戻ると、あたりにはふたたび静けさが戻った。渚はかなり時間を掛けて光之進たちへの詳しい書状を書き、黒丸の腹帯に納めた。

渚は黒丸の背中を撫《な》でながら、崖の上を指さした。

黒丸は耳を立てて口を閉じ、渚の指し示す北の方角を真剣な目つきで見つめた。

「いい、黒丸。お前がさっきまでいた山の上に登るのよ。そして芥川さまのところに戻りなさい」

言葉がわかったのか、黒丸は「ばうっ」と一声吠《ほ》え、後ろに首を向けて渚の顔を見た。

「いい子ね。お屋敷に帰ったら、お前の好きな鰤《ぶり》と鮭《さけ》のアラをたくさんあげるからね。さぁ、お行き」

渚が背を叩くと、黒丸は飛び出していった。下りてきた崖は登り直せないのだろう。少しでもゆるい傾斜を探して藪の中をごそごそと駆け上がって行く。黒丸は雄四郎たちには登るのが難しい斜面を登って闇の中に消えていった。

「黒丸が玉薬《たまぐすり》(火薬)を持って戻ってきてくれるといいんですけどね」

「何度も往復してる暇はないかもしれない」

「もうひとつ、奥ノ台と意を通ずる手立てがありますよ。こいつが入ってました……」

雄四郎は腹帯に入っていた手鏡を取り出して言葉を継いだ。

「この手鏡で光符丁を送り合えます」

山岡流では太陽や月の反射を布などで覆い隠して明滅させることで一定の記号となし、これによりイロハ四十七文字を表すのである。ここまで複雑なものは忍びしか用いないが、単純な光信号は、戦国期には遠隔地との意思疎通に多くの武将たちによって使われていた。

「幸い今宵は弓張月《ゆみはりづき》です。夜半過ぎには月が出ますよ」

雄四郎は星が瞬き始めた夜空を見上げた。雲は少なく、今宵はなんとか光符丁が使えそうだった。

月は太陽のおよそ四十万分の一の明るさしか持たないが、それでも半月の明るさがあれば、じゅうぶんに鏡で反射して信号を送れるのである。

「決戦直前のやりとりは、どうしても光符丁になるわね。奥ノ台の見える場所に移らなくちゃね」

「最初に閉じ込められていた岩牢が崖に穿たれているんですが、番所から牢へ続く渡り廊下があります。あの蔭《かげ》なら好都合でしょう」

雄四郎は渚の返事を待たずに竹垣から外へ身を移した。

黄金収蔵蔵を過ぎ、岩牢への渡り廊下の蔭に身を潜めることができた。

少し間を置いて、渚のすんなりとした身体も傍らに滑り込んできた。間を空けるのは、もし、先を行く者が敵の矢に射られたときには、自らの行動を止めて身を守るためである。

北の空にわずかに残る残照に逆三角形の草深い山容が浮かび上がった。

「図面によればあれが奥ノ台ね」

「よく見える。光符丁も届くはずですね」

「芥川さまなら、みんなを無事に助け出す手立てを必ず見つけて下さると思う」

渚の言葉は祈るような響きを持っていた。

＊

崖上から荒い息づかいとともに黒丸が駆け下りてきた。

「おお、帰ってきたよ。こいつはやっぱり忠義者だねぇ」

五平が抱きかかえようとすると、黒丸はうるさげに首を振って、岩棚にしゃきっと立った。

「こ、これは……」

書状に書かれた文字を目にした光之進は言葉を失った。

「いったい何が書いてあるんですか」

「下の鉱山の敷地内には、およそ二百名の囚われ人がいるそうだ。敵は明日の夜に、全員を小屋に閉じ込めて焼き殺すつもりだ」

「なんだって」

「金鉱脈が涸れて用済みになったので、隠し金山の秘密とともに、無辜《むこ》の民、二百人を葬るつもりだ」

「鬼畜の所業って奴だよ、そりゃあ」

　五平の声が震えた。

　光之進は青い怒りの炎が身体のうちから激しく湧き上がってくるのを覚えた。

「迷っている暇はない。今宵のうちに片をつけねばならぬ。多くの民を救うためだ。殿は勝手をお許し下さるだろう」

「そう来なくっちゃ」

　五平の声は弾んでいる。

「渚からの書状によれば、洞門の入口、つまり池側には分厚い門扉が設けられているとのことだ。仮に洞門上の物見台の見張りの全員を倒したとしても、門扉を開けるのに手間取っているうちに洞門内から敵兵が押っ取り刀で駆けつけるだろう。二人で洞門口から攻め込むのは得策ではない」

「針山みたいに矢が突き刺さるのがオチでやすねぇ」

「やはり、あれを使うしかなかろう」

「お、あっしが背負ってきた大荷物が役に立つときが来やしたね」

　五平は声を弾ませて柳行李の蓋《ふた》を開けた。

「五平、急いで羽衣を組み立てるぞ」

光之進と五平は岩棚で焚き火を熾《おこ》し、「羽衣の術」に用いる羽衣を組み立て始めた。四半刻もすると、岩棚上に差し渡し二十八尺（約八・五メートル）もある羽衣がほぼ組み上がった。

光之進たちが組み立てている羽衣は、後の世に生まれたハンググライダーに似た構造を持った凧《たこ》であった。天女の羽衣には似ても似つかず、とてつもなく大きな鳶凧《とんびだこ》に近い。

薄くて軽く強い麻上布を濃藍《こあい》に染め、逆三角形に近い形に裁断する。五平が柳行李に入れて背負ってきたのはこの帆布と畳んだ骨であった。

真竹と黄櫨《はぜのき》を組み合わせたよくしなる骨組みは竹弓に似る。これを錫《すず》材で作った管継手にはめこんで翼の形に組み立てるのである。このおり、継手管を焚き火で温めて膨張させる必要があった。

骨組みの重心位置からは、光之進が綿糸を編み上げたかつぎ帯で吊《つる》される。同じ場所から二本の綱が下がっており、竹で作った舵棹《かじざお》の両端に結ばれている。空に飛ぶときには綱と舵棹は三角形の形となる。翼から吊された光之進は、舵棹を握って、空でこの凧を上下させたり、左右に動かしたりするわけである。

天明五年（一七八五）、備前《びぜん》国岡山《おかやま》城下で浮田幸吉という表具師が、ハンググライダーに似た道具で城下を流れる旭川の橋の欄干から空を飛んだと伝承されている。だが、甲賀山岡流では、はるか戦国の昔より「羽衣の術」を伝え続け、幾多の工夫を加えてきた。

「ひとつ間違えると生命取りだね。こいつぁ」

五平は不安そうに眉を寄せた。

いま二人がいる奥ノ台の断崖から敵地まで、光之進の見立てでは一千二百尺（三百六十四メートル）ほどと思われた。このくらいの標高差だと無風でも五分間は滞空できる。

「羽衣は向かい風を捕まえなければ飛び立つことができぬ。追い風や横風の吹く場所では使えぬ道具だ。この奥ノ台は、夜にはおおむね脊梁の天城山《あまぎさん》から風が吹いている。これは坤《ひつじさる》（西南）の風だ。まずまずだが、飛び立つときに強い西南風にぶつかると池の方角に吹き飛ばされる恐れもある」

「そりゃ困りますね」

「さっきからずっと確かめているが、ここは半島で東側の海も西側の海も近いので、なんとも複雑な風が吹く。それゆえ、いちばん都合のよい未《ひつじ》（南南西）の風を上手《うま》く捕まえることもできよう……ところで、軍配を書状に書いてふたたび黒丸に託そう」

「どういう按配《あんばい》になりやすんで」

「拙者が空から五箇所の物見櫓をすべて無力にする。空に注意を引きつけておく間に、時を同じくして、渚が洞門上の物見台の弓足軽を倒す。同時に雄四郎が番所の武士を退治する」

「あっしの出番はねぇんですかい」

五平は鼻を鳴らした。

「安心しろ。お前にはもっとやりがいのある仕事がある。渚の報せでは洞門の池側には分厚い門扉が設けられているそうだ。あの物見台の真下だ」

光之進は薄闇の中に見えている、三人の人影が見える物見台を指さした。

「池側の物見台にいる見張りの足軽を倒し、なんとか門扉を開けるのが五平のつとめだ」

「わかりやした。そりゃ大事なつとめだ」

「門扉を開けたら、洞門内の仕掛けにも注意しろ。一人ではなかなか骨だぞ」

「お任せくだせぇ」

「敷地内部の敵は我々三人で食い止める。池側の洞門は、五平、お前がなんとか一人で戦ってくれ」

「腕が鳴るねぇ」

「今宵、月が出たら、未の風を捕まえ、俺がこいつで飛ぶ」

光之進は、断崖下に点った灯籠の明かりを眺めながら言い放った。

（人の生命を何とも思わぬ悪鬼にも劣る奴らめ。首を洗って待っていろよ）

光之進の心は静かに燃えていた。

五

中庭の植え込みで咲く水仙華の香りが闇の中から漂ってくる。

四人の忍びが戦いへ向けて決意を固めている頃、景之は番町の屋敷の書院で将棋を指していた。勝負の相手は影火盗組で一人、江戸に残った小者の弥三郎であった。

だが、凡手すらまともに指せないほど、景之は落ち着かぬ勝負を続けていた。

「光之進の献策を容《い》れたこと、まことに正しかったのであろうか」

「ひどくお悩みでございますな」

弥三郎は静かに答えながら銀を打った。

将棋盤に心地よい駒《こま》の音が響く。

「皆が案じられてならぬ」

盤面に目を凝らしても、弥三郎の仕掛けた罠《わな》が読み取れない。

「たしかに厳しいつとめとは存じます。しかしながら、影のつとめを拝命致しましたときから、皆さま、殿さまに生命をお預けになっております」

「うむ……重々わかっている。だが、情というものは、また別物ではないか」

景之は銀の攻めを防ぐために、飛車の駒を一つあげた。

「お頭、敵の桂馬が悪い場所におりますぞ」

筆頭与力の八田左近の野太い声が響いた。

大柄な左近の身体が中庭にのそっと立っている。

「桂馬だと……ああ、こりゃしまった」

「王手でございますな」

弥三郎は穏やかに笑った。

「うーむ……ところで、左近、何かわかったか」

「喜多屋が金を貸していた相手がつかめました」

左近は得意げに背中を伸ばした。

「そうかっ。で、何処《どこ》の家中なのだ」

左近は氏名が連ねられた書き付けを差し出した。

「うーん、幕閣がこんなにか……」

「こちらをご披見下さい」

景之は書き付けを覗き込みながらうなり声を避けられなかった。

「ずいぶんとございましたな……ご老中の本多侍従《ほんだじじゅう》（正珍《まさよし》）さま、若年寄松平摂津《まつだいらせっつの》守《かみ》（忠恒《ただつね》）さま、寺社奉行本多長門守《ながとのかみ》（忠央《ただなか》）さま……」

譜代の多くの大名の例に漏れず、駿河国田中藩、上野国上里見藩《かみさとみ》、遠江国相良藩《さがら》などいずれも一万石から四万石の小藩の当主ばかりであった。さらに出世街道を歩んでいる大名ばかりだと言ってよい。

領国でも江戸でも大名家の格式を保たねばならぬ上に、猟官のためにも多額の金品を費やしているはずである。内情は旗本の景之などよりも厳しいと思われた。

「旗本では勘定奉行の大橋近江守《おおはしおうみのかみ》（親義《ちかよし》）さま、同じく勘定奉行の曲淵豊後守《まがりぶちぶんごのかみ》（英元《ひでもと》）さま」

大橋近江守は、長崎奉行を経て勘定奉行に累進している出世頭の旗本であった。曲淵豊後守も作事奉行から数年前に勘定奉行に抜擢《ばってき》された利け者だった。

「でかしたぞ、左近。で、いかなる手を使ったのか」

景之の賞賛に、左近はますます反っくり返ってあごを突き出した。

「何のことはありませぬ。与力十騎で手分けして、出世株の譜代大名と旗本のそれぞれの家中の勘定役を訪ねましてね」

「それでどうした」

「火盗方で盗賊を追っていて、喜多屋が怪しいと睨《にら》んでいる。金を借りているだけなら罪に問われることはないが、隠すとためにならぬと、懇切丁寧に聞き質《ただ》しただけでございますよ」

左近は空とぼけてまじめな顔を作った。

いつもながら左近の懇切丁寧はまったく当てにならない。

大名、旗本の家臣に手荒な真似をするはずもないだろうが、凄《すご》みをきかせて威迫するくらいのことはお手の物だろう。

だが、左近の強面《こわもて》のおかげで、短期間にこれだけのことを調べ上げられたのだから、文句は言えない。

「いや、驚きましたな。たった十数家を廻っただけで半分近くの勘定役が白状に及びました次第で」

「左近、皆、これからの幕閣の枢要となり得る大名、旗本ばかりではないか」

「何か臭いますな……大岡出雲守（忠光）さまや田沼主殿頭《たぬまとのものかみ》（意次《おきつぐ》）さまとは仇《かたき》のようなお方ばかりではないですか」

左近は遠慮会釈なくつけつけと物を言う。

「声が高いぞ、左近」

景之はたしなめたが、たしかに家重の寵《ちょう》が篤く、公儀の政の原動力と言うべき、二人の能吏を嫌っているであろう幕閣ばかりであった。

「これはやはり、喜多屋の貸し金の裏には大きなたくらみが隠されているとしか思えぬな」

「拙者もさよう考えますが、殿……」

左近はにやっと笑った。

「なんだ」

「詰んでます」

盤面を見ると、すでに戦いは終わっていた。

「なんと……弥三郎、待ってくれ」

景之は両手を合わせた。

「大恩ある殿さまのお言葉ではございますが、こればかりはお受けできかねますな」

「さように薄情なことを申さずとも……」

「いや、武士に二言はございませぬからな」

弥三郎はにこりともせずに答えた。

「お頭も往生際が悪いですな。そもそも武士たる者はですな……」

左近の言葉が終わらぬうちに中庭の闇をはばたきの音が破った。

灰色の塊が書院に飛び込んできた。

「おお、ほろ蔵ではないかっ」

景之は喜びの叫びを上げた。何よりも待っていた四人からの便りである。

山胡桃を餌《えさ》に引き寄せ、足輪に折り込んだ書状をもどかしく引き出す。

「なんということだっ」

光之進からの書状を目にしたとたん、景之の額から汗が噴き出した。

「左近っ、そこもとの家来を五人ばかり連れて、拙者とともに参れ」

景之は書状を振り立てて下知を叫んだ。

「どこへでござるか」

「伊豆の伊東だ。日本橋へ急ぐぞっ」

「はっ、仰せのままにっ」

左近は一礼して小走りに中庭を出て行った。

「光之進たちは大いくさをするつもりだ……」

景之の声はかすれた。

「まことでございますか」

弥三郎の声も珍しく震えていた。

「ああ、無事であってくれればよいが……」

景之の気持ちとは裏腹に、山胡桃をついばみ終わったほろ蔵が、くるると次の餌をせがむ声がのんびりと響いた。

濡《ぬ》れ縁《えん》に出ると、水仙華がむせかえるほどに香っていた。

六

渚の傍らには黒丸が控えている。つい先ほど、光之進からの軍配を記した書状と、新たな忍具を携えて戻ってきたのである。

月が入口の洞門の上から姿を現した。

奥ノ台の山容が闇の中に浮かび上がった。

いくばくもなく、山頂直下からかすかな光の反射を認めた。ゆっくりと、しかし確実に反射光は明滅を続けている。

「来たっ。光符丁よ」

渚が小さく叫んだ。

「カサムキヒツシトナレハトフ……風向き未となれば飛ぶ」

「あと少し東寄りの風ね」

渚は右手を空に突き出しながら風向きを確かめた。

「こちらからも送りますよ……ショウチ（承知）と」

月光を鏡面でとらえた手鏡を奥ノ台に向け、右袖を素早く動かすことで、雄四郎は光符丁を送った。

「また来たわよ」

「マキハニヒカリイツセンサス……間際に光一閃《いっせん》さす」

「一回だけ光ったら、芥川さまが飛ぶ合図ね」

「時を待つと……トキヲマツ」

「いよいよね」

渚の瞳に力がこもった。

「それじゃ二人とも、持ち場につきましょ。ご武運を」

「渚さんも」

渚は洞門口へ向かって闇の中に消えた。

＊

時を同じくして奥ノ台の岩棚下の斜面では光之進が身体を羽に縛りつけて、風を読んでいた。濃藍の忍び装束に身を包んでいる。光之進の身体は、かつぎ帯で翼の骨組みに固定してあった。

胸の前には、いくつかの忍具を入れた四角い蔓籠《つるかご》を、背中へ廻した三本の紐《ひも》でしっかりと括《くく》り付けてある。左右の掛襟《かけえり》に縫い付けてある細長い衣嚢《いのう》（ポケット）には、三本ずつの棒手裏剣を忍《しの》ばせてあった。

風向き次第で、敵陣へのありとあらゆる攻撃方法を考えてある。

助走距離は十一間（約二十メートル）くらいがもっとも適当である。この斜面は六間に満たなかったが、飛び立てる自信はあった。修行時代はもっと短い助走で飛ぶ修練もしばしば試みた。

山の香気を乗せた風が、東寄りに変わった。

光之進は手鏡を一閃させると、草の上に放り投げた。

（さぁ参るぞ）

両脚にめいっぱいの力を込め、光之進は斜面を全力疾走する。

崖を蹴る感触が、忍び足袋の裏側に伝わった瞬間、全身がふわっと宙に持ち上げられた。

（うむ、よいぞ！）

吹き上げてくる風にすんなりと乗った羽衣は高度を上げ、奥ノ台の山頂よりも高い空にすっと舞い上がった。

月光に照らされ、森閑《しんかん》として静まりかえった敵陣地が眼下に広がった。

ぽつりぽつりと照らされた灯籠は、戦場《いくさば》の夜守の灯《あか》りを思わせた。

（敵陣を左に巻くぞ）

光之進は舵棹を軽く右に倒し、体重を右に傾けた。羽衣はゆるく右旋回を始めた。

（よし、下り始めよう）

頃合いを見て舵棹を慎重に前に倒すと、羽衣はゆっくりと降下を始め、目指す敵地の西北角へ向けて空を滑って行く。

地上からの高さは十五丈ほどに下がってきた。

真下に西北の物見櫓が見えるが、弓兵に動きは見られない。

まさか闇空から自分たちを狙う影が舞い降りているとは、予想だにしないだろう。

光之進は左手で舵棹の中央を掴み直すと、右手をゆっくりと舵棹から離した。

胸の前の蔓籠から手火矢を取り出した。打根《うちね》と呼ばれる小ぶりな手投げ矢で、矢尻のすぐ後ろに油と玉薬を混ぜた液体を納めた火薬嚢が付けられている。

西北の物見櫓の真上まで来たところで、光之進は手火矢の短い口火縄《くちびなわ》（導火線）に火を付け、板屋根に向かって力一杯放った。

狙いは過《あやま》たず、手火矢は物見櫓に突き刺さり、次の瞬間、小さく爆《は》ぜてめらめらと燃え始めた。

あわてふためく男たちの声が背後に遠ざかってゆく。

左へ舵棹を傾けながら、敵地の外周を左に大回りしつつ、羽衣は西南角の物見櫓の上空へと迫る。

光之進はふたたび蔓籠から手火矢を取り出した。

後ろ羽根が音を立てながら右に弧を描いて手火矢は飛んだ。

ぼっと音を立てて板屋根に火が移った。

西南の物見櫓からも男たちのおめき騒ぐ声がわき上がった。

番所からは二人の小者が走り出てきて、空を見上げて叫んでいる。

風を切り裂く音とともに、東北と東南の物見櫓から四筋の矢が飛んで来た。

だが、四筋の矢は、いずれも羽衣には当たらず、左右の闇を山に向かって逸《そ》れていった。

光之進は南東の方角を見遣った。

(洞門上の物見台が厄介だ……)

角度が悪い。手火矢が届く距離に近づけば、逆に敵の矢が届きかねない。

光之進の額に汗がにじんだ。光之進に当たらずとも、羽衣の翼に何本も矢が当たれば、たちどころに失速して墜落する。

だが、次の瞬間、物見台から火の手が上がった。

(渚め、うまくやったな)

泡を食って、ばたばたと梯子を駆け下りる足軽たちの姿が遠望できた。

梯子の下では、渚が手裏剣を手にして待ち構えているはずだ。

羽衣は降下しながら、番所の南側の斜面に沿って飛ぶ。

真下に向かって三本目の手火矢を打った。すぐに板屋根から炎が上がる。

続けて東南の物見櫓へも一本。

敵陣地内では五本の炎の柱が天を焦がしている。

四棟の長屋から大勢の人々が押し出されるように表へぞろぞろと出てきた。

たくさんの人のわぁわぁと興奮した声が聞こえてくる。

「なにをしておるっ。厨から手桶でも鍋でも持ち出して井戸へ急ぐのだっ」

若い武士が声を嗄《か》らして下知を与えている。

少し遅れて番所から出てきた一人の足軽が空へ向けて火縄銃を構えた。

「むっ、鉄砲かっ」

玉薬の炸裂する音が谷あいに響いた。

「うっ……」

光之進の左肩に激痛が走る。

右手で腰の短刀を引き抜き、光之進は担ぎ紐を二箇所で断ち切った。

頼りなく光之進の身体は宙に放り出された。

頭上で羽衣が風に巻き上げられて上空へ流される気配を感じた。

降り立つその瞬間、膝と脚の付け根に力を籠め、踵《かかと》を先に地面に接触させないように脚全体を使って着地姿勢を取った。

着地と同時に手の甲から地面に転がり、対角線上に背中を転がす形で前転した。

(羽衣が低いところまで下りていて助かった)

立ち上がると、三間ほど離れた広場の真ん中に、先ほど鉄砲を撃ちかけた足軽が呆《ぼう》然《ぜん》と立っていた。筒口からはまだ煙が上がっていた。

光之進は足軽の左肩を目がけて手裏剣を打った。

足軽は鉄砲を放り出して、後ろに倒れた。

作業小屋の傍らに建つ東北角の物見櫓だけは、蒼《あお》い月光に照らされて無傷で地に黒い影を落としていた。

身体を前傾させて光之進は東北角へ走った。

ひゅいっと空を切って二筋の矢が飛んできた。

光之進は足軽たちの右肩目がけて、棒手裏剣を立て続けに打ち込んだ。

二人はほぼ同時にその場に崩れ落ちた。

＊

光之進が広場で戦っている頃、雄四郎は番所の北廊下の前に身を潜めていた。

鉱山の差配役である主膳が、外の異変に気づいて、北側の廊下に立って外を眺めている。

雄四郎は北廊下に飛び上がった。

「主膳っ。おぬしらの非道を許さぬぞ」

「ふんっ、刀も持たずに何を血迷ったか」

鼻先でせせら笑って、主膳は大刀を抜いた。

（武芸の心得もないのか。こんな天井の低い廊下で大刀を抜くとは）

「ほざけっ」

叫んだ雄四郎は、掌に隠し持っていた二本の手裏剣を、敵の胸の最上部両端めがけて立て続けに打った。

「うおおおっ」

主膳はそのまま後ろにひっくり返って、苦悶《くもん》の声を上げながら畳の上でもがき始めた。

雄四郎は、主膳の大小を奪って、自分の腰に差した。

廊下の向こうから忙しく板床を踏む音が迫ってくる。

「小僧っ、今度こそ刀の錆にしてくれるわっ」

抜刀して駆け寄せてくる長身は、須藤と呼ばれていた若い武士であった。

全身から強い殺気が矢のように放たれてくる。

（こ奴はなかなかの使い手だ）

手裏剣では叩き落とされる恐れがあった。剣の腕で勝負しようと心に決めた。

「勝負だっ。表へ出ろっ」

雄四郎は、前庭に飛び下り、大刀を抜き放った。

「逃すかっ」

須藤も後を追って庭に下りた。

雄四郎は主膳から奪った刀を八相に構えた。

須藤は大刀を青眼に構えている。

気合いと気合いとが中空でぶつかり、火花を上げた。

「とぉーっ」

須藤が刀を振り上げ、土煙を上げて踏み込んできた。

雄四郎は必死で体をひねり、なんとか一打をかわした。

殺気と気合いは伊達《だて》ではなかった。須藤の太刀筋は鋭い。

右手に人の気配を感じて、一瞬、雄四郎は眼球を右へと動かした。

「須藤っ、加勢に参ったぞ」

書院で見かけた矢島という武士が、へっぴり腰で刀を構えている。青眼なのだが、まるでなっていない。

「矢島さま、お手出し無用っ」

須藤はあくまで強気であった。

（まずいっ。正面と右を防ぐ手立てがない）

雄四郎の背中に大量の汗が噴き出した。

次の刹那。

「うわっ、おのれは何だっ」

矢島がけたたましい叫び声を上げた。

「ウオオオンッ」

黒丸だ。黒丸が加勢してきたのだ。

「やあっ」

雄四郎は須藤の小手を狙って渾身《こんしん》の力で打ち込んだ。

肉を切り、骨を断つ確かな手応《てごた》えを両腕に感じた。

「うわっ」

血煙が噴き上がり、血の滴が雄四郎の顔を汚した。

刀を摑んだ須藤の左手が、土の上に落ちている。

須藤は斬られた左手を右手で押さえながら、地面を転げ回っている。

掛襟の衣嚢から手裏剣を一本取り出した雄四郎は、矢島の右の胸に定め、手加減して手裏剣を打った。

「うわっ」

矢島は刀を放り出して、後ろに倒れた。

広場にうなり声が響く。

黒丸が足元に寄ってきた。

「黒丸、助かったぞ」

屈《かが》んで抱き上げようとすると、黒丸はするりと離れ、広場の西のほうへと走り去った。

目の前の危険が去って、あらためて辺りを見回すと、広場のあちこちに武士や足軽が転がって、人々が遠巻きにこわごわ見ている。

「無事かっ」

大股《おおまた》で歩み寄ってきた光之進はにこやかに笑っていた。

「芥川さんっ。ご無事でしたか」

雄四郎は、光之進に駆け寄っていった。

「ああ、左肩に鉄砲玉がかすったが、大事ない」

「羽衣の術、まことに感服致しました」

空を舞う光之進の颯爽《さっそう》とした姿は、雄四郎にとって憧《あこが》れそのものと言ってよかった。

「今宵は風に恵まれたからな。それより羽衣をあそこから下ろして燃やさねばならぬ」

光之進はさらりと言って北の方角を指さした。黒い大きな翼が長屋の屋根に引っかかっている。

「わかりました。すぐに燃やします」

甲賀秘伝の忍具をこの場所に残しておくわけにはゆかない。

「雄四郎さんっ」

渚が駆け寄ってきた。黒丸が後を慕って走ってきた。

「渚さん、お怪我はありませんか」

「かすり傷ひとつ負ってないわ。弓足軽はみんな動けないはずよ」

渚は鮮やかな笑顔を浮かべた。傍らで黒丸が得意げに耳を立てて尻尾《しっぽ》を振っている。

「黒川さぁん、渚さぁん。ここを開けておくんなさいよ」

「五平さんの声よ」

「外側の門扉を首尾よく開けられたんですね」

渚と二人で閂《かんぬき》を外すと、ぎぎーっと蝶番《ちようつがい》のきしむ音ともに門扉は手前に開いた。

「へへっ、こんばんは」

顔を煤《すす》だらけにした五平が洞門から出てきた。

肩に大きな柳行李を背負って、右手に河原鳩の入った鳥籠を提げている姿だった。

「みんなが無事なようすは洞門からも聞こえてましたよ。まずはめでてぇや」

五平は明るく笑った。

「池側の物見台の弓足軽は倒したのね」

「おっと、渚さん、五平さんを甘く見ちゃいけねぇやな。芥子毒《けしどく》を矢に仕込んで、三人の肩にお見舞いしてやりましたよ。あっけないもんだ」

「それにしても顔が真っ黒だぞ。五平」

「それがね。見張りは楽に片付けたんですが、扉がねぇ。どうにも開かねぇんだ。で、玉薬を蝶番に仕掛けてね。これが本当に頑丈なんだよ。三回もどかんだよ」

「それは大変だったな。それで洞門内の仕掛けはどうだったんだ」

「仕掛けは大したことはありやせんでしたぜ。何箇所かに細引きが張ってあってね。それに足を引っかけると、バネ仕掛けの弓がひとりでに放つ矢が横穴から飛んでくるって類《たぐ》いのものでやした。この五平さまに掛かりゃあ、わけはねぇや」

　五平は得意満面に肩をそびやかした。

「雄四郎、五平。武士と足軽はすべて縛るぞ。どなたか長い縄をお持ち下さらぬか。できれば綿縄がよいのだが」

　光之進の言葉にすぐに一人の男が立ち上がった。

「ああ、俺が取ってこよう、誰か手伝ってくれ」

　職人風の男が名乗り出て、三人の若者が後に続いた。すぐに何把もの太い綿縄が揃った。

「怪我人はおらぬかな」

　医者の禄庵が人垣から出てきた。

「芥川さまの傷を診てやって下さいっ」

「拙者は後でよい。医者どの、敵の武士たちを先に診てやって頂けまいか」

　雄四郎の言葉を手で制して光之進は禄庵に頭を下げた。

「あそこに須藤という武士が転がっています。左手首から先を切り落としましたので」

　雄四郎は番所の前を指さした。

　靴脱ぎ石を背に切り落とされた左腕をかばうようにつかみながら、須藤はうずくまっていた。失血と苦痛のためか顔色は真っ青だった。

「ほう。あ奴は乱暴な男だ。傷口に辛子でも塗り込んでやりますかな……」

禄庵は傷を診るために須藤の元へ歩み去った。

「一刀の下で切り落とされている。それにしてもお手前は武芸の達人なのだなぁ」

戻ってきた禄庵は感嘆の声を上げたが、雄四郎は内心でしょげていた。

武士と足軽で、まともに動ける者はいなかったが、須藤がいちばんの重傷だった。

(俺の腕の未熟さゆえだ)

光之進も渚も五平も、敵に生命の危険を呼びかねないような傷は与えていなかった。

須藤の傷は放っておけば生命に関《かか》わったかもしれない。

人々の手伝いもあり、三人の武士と二十四人の足軽は、一人ずつぐるぐる巻きに縛られて身体の自由を奪われた。さらに小者たちも縛り付けた。

七

いつの間にか、四人を取り囲む大きな人垣ができていた。

「皆さん、聞いて下さいっ。皆さんをここへ閉じ込めていた悪人どもは退治しました。

皆さんは、すでに囚われの身ではありません」

　渚が声を励まして囚われていた人々に告げた。

「ありがとうございます」

「助かりました」

「坑道《あな》の中で、いつ死ぬかって、毎日思ってたんだ」

　人々の感謝の言葉が、うわんと広場を包んだ。

　ところが……。

「俺はそんなこと頼んじゃいねぇぜ。ここじゃ江戸よりずっといい暮らしができてたんだ」

　小頭と思しき男が怒鳴った。

「そうだ、そうだ」と雷同する声が続いた。

「愚か者は、ここにおればよい」

　光之進が大音声で叫んだ。

「おぬしたちは、明日の夜には一人残らず焼き殺されるところであったのだぞ」

　小頭たちを見据えて、光之進は貫禄《かんろく》のある声で言い放った。

「そんな……馬鹿な……」

小頭の一人が言葉を呑んだ。

「おいっ、主膳とやら、いまの言葉に誤りがあるか」

雄四郎は地べたに座り込んでいる主膳の背中を小突いた。

「ふんっ。明日の夜になれば、すべては片付いておったのに、間際で邪魔立てしおって」

主膳はいまいましげに吐き捨てた。

「どうだ。皆の者。これでもこの鉱山《かなやま》をありがたがっているのか」

光之進の言葉に、小頭たちもしゅんと静まった。

「たかが火盗改の分際で、こんなことをして、おぬしらどうなると思っておるのだ。後で吠《ほ》え面《づら》をかくでないぞ」

あごを突き出してうそぶく主膳に、雄四郎は胸の奥がむかむかしてきた。

「減らず口を叩くでないっ」

足で主膳の太ももを蹴った。

「迎えの船を呼びます。しばらくはこの鉱山に泊まり、船が来たら、八幡野の湊まで参りましょう。皆さまを江戸へ無事にお返しします」

凛《りん》とした渚の声が響いた。

人々は戸惑いつつもそれなりに安堵しているようではあった。

すでにすべての物見櫓の火は消え落ちていた。その距離から長屋に延焼の恐れはほとんどないとみて、光之進が採った戦術だった。

洞門の上の東の空がうっすらと明るくなってきた。

雄四郎は五平と二人で羽衣を二番長屋の屋根から下ろして燃やした。手間暇掛けて作った忍具だけにもったいなかったが、骨組みがめちゃめちゃに折れて修復できる状態ではなかった。

光之進や渚たちのいる番所近くに戻ろうとして、長屋前で作業を見物していた人垣の中に、湯島三国屋の登勢がいることに気づいた。

「おかみさん、三国屋のおかみさんですよねっ」

雄四郎は心を弾ませて近づいていった。

「あっ……お武家さま」

雄四郎の顔を見て、登勢は目を見開いて驚きの声を上げた。

「どうか、こっちへ」

登勢は雄四郎を、人垣から離れた場所に引っ張っていった。

「あたし駆け落ちしてきたんです。亭主の乱暴に我慢できなくて……」

「あなたが、手首から肘《ひじ》に掛けて晒しを巻いていたのを見ています。もしやとは思っていたのですが。あなたは火傷《やけど》だって言ってごまかしてました」

雄四郎が覚えていたことに驚いたのか、登勢は一瞬黙った。

「ここ数年は、店が終わると毎晩のように亭主に殴られたり蹴られたりしてたんです。背中や腰の着物に隠れるところばかりだったのですけれど、あの前の晩には前腕を棒で叩かれて、ひどく大きな青あざができていたんです。お客さまに見られてはまずいと思って」

「そういうわけだったんですか」

雄四郎は言葉を失った。こんなにも優しくたおやかな女を、どうして殴ったりできるのだろうか。雄四郎の知っている三国屋の主人はそんな乱暴な男には見えなかった。

「きちんと仲人あって一緒になったんですが、子どもができないってことから、段々とつらく当たるようになってきて……。そしたら、通い職人の友蔵が同情してくれて。年は十も下だったんです。あの人……」

登勢は苦しげに言って目を伏せた。

「それで友蔵さんは」

そう言えば、あの若い職人の姿が見えない。

「死にました……」

「亡くなった」

「坑道で石がいくつも落ちてきて、頭や胸やお腹《なか》に当たって……運ばれてきたときには、もう息も絶え絶えで……お医者さまの禄庵先生が診て下さったんですが、もう駄目だっておっしゃって……そうしたら、死骸置き場に連れて行かれました……それっきりです。それが……おとついの夕刻のことです」

　切れ切れに語った登勢は言葉を切って唇を噛みしめた。

（ああ、俺の見捨てた男は、この登勢女の思い人だったか）

　怪我のせいで容貌《ようぼう》が変わっていて気づかなかったが、あの男はたしかに、最後に登勢の名を呼んでいた。

　仮に手を差し伸べてもどうにもならなかったことはわかっている。だが、友蔵を見捨てたことを思うと、髪の毛をかきむしりたい気持ちだった。

「おとついの朝までは一緒に笑ってご飯を頂いていたんです。あたし、この鉱山のつらい暮らしも、なんとか我慢しようって思ってました……」

　痛ましさで胸が一杯になった。だが、登勢の力になってやる手立てを、雄四郎は見つけることができない。

「あたしが馬鹿だったんです。あんなお坊さまの口車に乗って」

気の利いた慰めを掛けてやりたいが、雄四郎にはふさわしい言葉が見つからなかった。

「それで、これからどうなさるのですか」

「友蔵の亡骸をなんとかお骨にして、その後のことを考えます。いまはほかのことは考えようもなくて……」

「あいわかりました。お悔みを申し上げます」

雄四郎はそれだけ言って頭を下げると、逃げるように登勢の立つ場所から走り去った。

ここに連れて来られた人々は登勢のように、解き放たれても生きて行く途《みち》が見つからない者も少なくない。だからといって、焼き殺されるのを黙って見過ごすことが正しいとは、とうてい思えない。

番所へ向かう雄四郎をなんとも言えぬ重苦しいものが包んでいた。

*

谷あいには、朝の光が輝きの渦を作っていた。

（さて、この後は殿のお下知をお待ち申さねばならぬな）

光之進は、広場内を見回しながら、考えを巡らしていた。禄庵に療治して貰ったものの、左肩の被弾箇所はズキズキとうずいていた。

二百人の人を救うことはできた。だが、先ほど主膳という武士が放言していたとおり、この鉱山の背後には大きな力が働いている。

（殿にご災禍が降りかかりはすまいか案じられてならぬ）

光之進が不安な思いに囚われていると、洞門から何人かが近づいて来る気配が感じられた。

（敵に後詰めがあるはずはないが）

光之進は刀の柄に手を掛けた。

「光之進、雄四郎。渚、五平、みな無事であるかっ」

よく通る声が響いた。

光之進は我が耳を疑った。

（殿のお声が……ゆめ幻ではないのか）

火事羽織に野袴《のばかま》姿の景之が洞門口から出てきた。

「公儀火盗改役、山岡五郎作である。拐《かど》かしの重罪人らを召し捕りに出張って参った」

景之の背後に筆頭与力の八田左近の大柄な身体がぬっと立っていた。着流しをじんじん端折《ばしょ》りにして、白鉢巻き襷掛《たすきが》けに草鞋《わらじ》ばきという捕物出役《とりものしゅつやく》の出で立ちであった。

後ろには鉢巻き襷掛けの捕り方の小者たちが五人ほど控えている。

光之進をはじめ、影火盗組の面々は、その場でいっせいに畏《かしこ》まった。

囚われていた人々にざわめきが広がった。

「賊の正体はまだわかりませぬ。武士が三名。一人は重傷です。足軽が二十四名。小者が八名。全員を捕縛してあります」

「うむ、それは重畳である」

景之が目顔で合図すると、左近が大きくうなずいて声を張り上げた。

「咎人《とがにん》を引き立ていっ」

左近の下知で小者たちが縛られている悪漢どもに殺到した。

「書状を読んで肝を冷やしたぞ」

景之は陣笠の下でやわらかい笑みを浮かべた。

「殿、わざわざご来駕《らいが》頂くとは……」

胸が詰まった光之進は、その場に土下座して頭を地につけた。

「殿のご裁可をお仰ぎせずに勝手な振る舞いをなし、申し訳の次第もございませぬ。

いかなる処分も謹んでお受け致します。どうか雄四郎たちには寛大なるご処置を」

罪は自分一人がかぶればよい。ただ、心配なのは景之に降りかかる災難だ。

「殿にどのようなご迷惑をお掛けするかを考えますと恐懼《きょうく》に堪《た》えず、まことに身の縮む思いでございます」

左肩に手が触れた。

「おぬし、怪我をしておるではないか。晒しに血がにじんでいる」

地に突いている手の甲に温かい涙が落ちた。光之進は驚いて顔を上げてしまった。

「すまなかった……かような目に遭わせて」

景之はかすれ声で言って、光之進の両肩に手を置いた。

「さぁ、立て」

真っ直ぐな景之の視線が光之進を見つめていた。

「よくぞ、二百人の民を救った。よくぞ、人々を守ってくれた」

景之の声は震えていた。

光之進の心に熱いものがこみ上げてきた。

「芥川、大した働きであったな」

野太い声が響いた。

「八田さま、遠路のお運び、お疲れさまでございます」

「足軽と小者たちは左近に預け置く。囚われていた二百人の民についても面倒を見させようぞ」

景之の言葉を左近が引き継いだ。

「拙者に任せろ。懇切丁寧に江戸まで連れて帰ろう」

左近の懇切丁寧は当てにならないが、咎人でない者に乱暴はしないだろう。

「御船手《おふなて》の向井将監《むかいしょうげん》どのが便船を出してくれる手はずになっておる。我らはふたたび江戸に戻るとしよう」

「かしこまりました」

「三人の武士は、我らが連れて帰ろう。聞かねばならぬこともある……いや、待て、重傷を負っている者がいると申したな」

「はい、須藤という名の武士が雄四郎に左手首から先を切り落とされております」

「その晒しの巻き方を見るに、光之進の療治をしてくれた医者がおるのか」

「はい、禄庵先生という医者どのがいらっしゃいます。拙者の弾傷も須藤の手首の手当も、して下さいました。なかなかの腕をお持ちとお見受け致しました」

「ご足労だが、医者さまにもご同道頂くとするか」

「わたしが頼んで参ります」

雄四郎は禄庵が立つ場所に走った。

「殿、恐れ入りますが……」

光之進の顔色を見て、景之はうなずいた。

二人は人目を避けて番所へと入っていった。

土間の三和土に二人は向かい合って立った。

「あまりに早いお越しで驚いておりまする」

景之と二人になった光之進は小声で切り出した。

「昨夜、ほろ蔵が帰ってきた。すぐにご支配にお許しを得て、魚河岸で伊豆へ帰る押《お》送船《しよくりぶね》を雇ったのよ。あれは揺れるがまことに速いな。たったの四刻半（十時間）で日本橋から八幡野まで漕ぎ切ったぞ」

「驚きますな。押送船はそんなに速いものですか」

光之進は必ずしも容易ではなかった往路の航海を思い出して驚きを隠せなかった。

押送船は常陸《ひたち》や房総《ぼうそう》、伊豆から鮮魚を江戸の日本橋河岸に運ぶために運行されていた快速船である。外海を航海するが、隅田川を遡上《そじよう》して魚河岸まで直行するので、川船役所が管轄していた。

屋根などはなく、四十尺（約十二メートル）ほどの船体長で、幅は八尺（約二・四メートル）と実に細長い船形を持っていた。

公儀の認める最大の艪数である七丁艪で、通常は三本の帆柱を持つ。通常の帆船が無風時や入出港の際だけ艪を用いるのに対して、押送船は航海の間中、風を受けられる限りは艪を併用し続け、海内無双の速力を保った。さらに江戸湾への船の出入りを監視する浦賀番所の改めを免除されるという特権を認められていた。

「そのほうより此度《こたび》の策略を聞いたときから、さまざま心を悩ませることが多くてな。まして、そのほうが言い出した羽衣の術を許した己自身を何度悔いたことか。夜もおちおち眠れなかったぞ」

「まことに申し訳もございません」

「それゆえ、今日、皆の無事な顔を見て、嬉しくてならぬ」

心をまたも熱いものがふさぎ、光之進はしばし黙した。

「……八田さまに我らの正体が顕《あらわ》れてしまいますな」

光之進はいっそう声を潜めた。

「やむを得ぬ。この大人数を影火盗組だけではさばき切れぬ。左近だけにはおぬしたちが幼い頃から武術修行をしていると打ち明けた。が、甲賀のことについては告げておらぬ」

「いまの世に甲賀忍びが続いていると知る者も少ないでしょう」

「その通りだ。さらに光之進たちには、新たなつとめがある」

「新たなつとめと申しますと」

「言うまでもない。この隠し金山を造り、無辜の民を苦しめて働かせた者どもを許してはおけぬ。我らは、どんな手を使っても、その正体に迫って参らねばならぬのだ」

「さようでございますな。江戸へ帰ってまずは、罪なき人々をたぶらかして廻った尚慧と申す真言坊主をとっ捕まえねばなりませぬ」

「そのための策は考えてはある」

景之の顔には落ち着いた決意がみなぎっていた。

おそらくは巨大な権力と戦わなければならぬのだ。

たとえ、この身が朽ちようとも、真っ直ぐな心を持った景之の下で巨悪と戦う。光之進は自らのつとめの幸福をしみじみと感じた。

風がさわやかな芽吹きの香りを運んできた。

光之進は今夜の戦いで羽衣を成功させてくれた伊豆の山の神、風の神に感謝した。

第三章　恨みと妬み

一

有明の月が中空高く上っていた。

七丁の艪《ろ》がせわしなく川面《かわも》の水を切っていく。

艪が作る水しぶきが月光に輝く。

宇佐美で雇った三艘《そう》の押送船は飛ぶように大川（隅田川《すみだがわ》の吾妻橋《あずまばし》より下流）を遡上《そじょう》していた。

目指すは日本橋だった。魚河岸近くまで行けば、番町の屋敷はそう遠くない。

押送船は後方に七人の艪方《ろかた》が、可能な限りは立って艪を漕《こ》ぎ続ける。

（恐るべき根性だな）

往路もそうだったが、景之は艪方たちの体力と精神力に舌を巻いていた。

荷は載せていない。鮮魚が載るべき胴ノ間の前方には、それぞれ二、三人の人間が乗っていた。

一艘目に景之と光之進、主膳、二艘目に渚と腕を怪我《けが》した須藤、医者の村岡禄庵、しんがりには五平と雄四郎、矢島が乗り込んでいた。

風は乾《いぬい》（北西）で、左舷《さげん》の斜め前方から吹いていた。

それでも艫《とも》で楫棒《かじぼう》を手にしている楫取（艇長）は、三つの帆を下ろさなかった。舳《へ》先《さき》のほうから小、中、大とそれぞれ大きさの違う綿帆で、使わぬときには帆柱ごと畳むそうだ。

「こんな逆風でも帆を使うのだな」

景之が後ろへ振り返ると、三十代の若い楫取はにこやかに答えた。

「いや、どこで帆を畳むかは難しいんですが、こんな風向きでも、帆をひらく、つまり横向きに立てるってぇと、畳むよりゃあ速く動けるのでござんすよ」

「やはり餅《もち》は餅屋だな」

「へぇ、恐れ入ります。永代橋からは日本橋川に入りますんで、舳先を真西に向けます。するってぇと真横からの風になるんで、もう帆は畳むしかねぇと思います」

後ろの二艘を先導するだけあって、この楫取は頭の働きもよさそうだった。

景之は、疲れ果てて傍らでいびきをかいている主膳を見た。

(こ奴らを責め問いしたとして、果たして主家の名を吐くであろうか)

町人や浪人者と比べて、武士は責め問いには強い。容易なことでは、主家の名やたくらみの全容を白状しないだろう。景之は拷問が嫌いだった。

(されど、どんな手を使っても口を割らせねばならぬ)

多くの人間を苦しめ、昨夜は二百人を焼き殺そうとした鬼畜にも劣る連中である。人間として扱う必要はなかった。

左手に松平安芸守の蔵屋敷の漆喰壁《しっくいかべ》の白い塀が切れると、町家の背景に築地西本願寺の大屋根が浮かび上がってきた。黒い屋根瓦《やねがわら》が月光に無数の反射を見せている。

深夜の月に照らされる大川端の清澄な景色は、つかの間ではあるが、景之の心にさわやかなゆとりを生んでくれていた。

そのときである。

ぱんっ、ぱんっ、ぱんっと乾いた炸裂音《さくれつおん》が連続して響き渡った。

「殿、お伏せ下さい」

いきなり光之進が景之の背中を前に押し倒した。

船床に染み込んだ魚臭さが鼻を衝《つ》いた。

「な、なんだっ」

「どうしたぁっ」

艪音が止まった。

艪方のあわて騒ぐ声が後方で聞こえる。

「いかがした」

景之は船床に伏せたままで後方の光之進に訊《き》いた。

「ご無礼を……鉄砲でございます」

「なんだと」

「主膳が撃たれました」

「まことかっ」

光之進が立ち上がる気配がした。

「楫取、ここは危ない。艪を急いでくれっ」

光之進の下知は朗々と響いた。

「へ、へいっ」

震え声で答えた楫取だったが、すぐに声を改めて怒鳴った。

「おいっ、お前たち、めいっぱい艪を漕げっ。心ノ臓が破れるくらい漕ぎやがれっ」

「おうさぁっ」

「わかりやしたぁ」

景之の乗る先頭の船は、ふたたび波を切り始めた。

身を起こすと、隣に座っている主膳が息をしていない。

「おいっ、しっかりしろっ」

景之は主膳を抱え起こした。

首で脈を取ったが、ぴくりとも動かなかった。

額の真ん中に黒い焦げ跡が痛々しく残されていた。

「すでに息絶えておりますな」

「してやられたか」

景之は歯がみした。大事な証人を消されてしまった。

艫の方向へ振り返ると、二番船も三番船も、胴ノ間に慌ただしい動きが見られる。

景之の胸を不安な思いがよぎった。

「おういっ、渚っ、そっちの船はどうだ」

光之進が怒鳴ると、渚が立ち上がって答えた。

「やられました。須藤が頭を撃ち抜かれて事切れました」

三番船からも五平の声が響いた。

「こっちも駄目です。矢島の頭に弾が当たりました」

「何ということだ。三人が三人とも狙《ねら》い撃ちにされたか」

「鉄砲洲《てっぽうず》から狙ったようですね。悪洒落《わるじゃれ》の強い賊だ」

珍しく軽口を口にした光之進だが、顔は少しも笑っていなかった。悔しさを隠しているものに違いない。敵を殺《あや》めぬように意を払っての戦いは、どんなにか大変なことだったろう。

羽衣の術という危険な戦法を選んだのも、むろん二百人の身体《からだ》の安全が第一の目的だが、第二にはここに連れてきた三人を殺さぬ方便でもあったはずだ。

「三人以外に怪我がなかったのが不幸中の幸いだ」

景之はそんなねぎらいの言葉を掛けるしかなかった。

「間違いなく口封じでしょう」

だが、光之進の悔しさは薄れるようすがなかった。

「しかし、敵はなぜ、江戸で待ち構えることができたのだ。我々は押送船を使ってできるだけ早く江戸に戻ってきたのだぞ。空でも飛ばない限り、伊東での一件を我々より早く江戸につたえることはできな……」

景之の頭にちかっとひらめきの光が走った。

「そうか。敵は河原鳩《かわらばと》を使ったのだな」

「それ以外にあり得ませぬ」

「したが、敵の頭目はここに連れてきていたではないか」

「おそらくは、伊東に残っている者の中に、河原鳩を使って江戸の敵陣営につなぎを付けた者がいるのでしょう」

「足軽、小者たちの中にか。左近は何をしておるのだ」

「八田さまをお責めになってはなりませぬ。あの鉱山《かなやま》の外に、たとえば池村であるとか、八幡野村に敵の間者がいるのでしょう。そしておそらくは……」

「忍びの者だな」

「手際のよさから見てまず疑いはありませぬ」

「では、左近が連れ帰る足軽、小者に白状させるしかないな」

「あの連中は、ただ上の命で動いていただけで、詳しいことは知りますまい」

「されど、どこの家中かだけはわかるであろう」

「殿……」

光之進は改まった声を出した。

「どうした。光之進」

「いまの鉄砲は……ただのものではございません」

「たしかに玉薬の燃ゆる音が聞こえず、硝煙の臭《にお》いもせぬ」

「あれは阿蘭陀《おらんだ》風砲《ふうほう》でございます」

「聞いたことがないな」

「子どもの玩具《おもちゃ》の杉玉鉄砲や紙玉鉄砲あるいは山吹鉄砲をご存じでしょう」

「竹筒などに紙を丸めて作った玉や杉の芽を入れる奴だな。勢いを付けて柄を押し出すと、パンと音がして弾が飛ぶ玩具だろう」

景之は玩具鉄砲を撃つ手真似《てまね》をして見せた。

「あれに近いところがありますが、小ぶりの龍吐水《りゅうどすい》に似た道具で送った風を溜《た》めまして、風の勢いを玩具とは比べられぬほど強いものとします。引き金を引くと、ちょうど紙玉鉄砲の柄を勢いよく押し出したように弾が飛びます。ただ、こちらの弾は紙や杉の芽ではなく鉛玉です」

「うーむ、風の力で、人を殺めるほど、弾に勢いを持たせられるのか」

景之は驚きを隠せなかった。

「矢頃《やごろ》（射程距離）は種子島《たねがしま》よりは短いですが、大川の川幅は知れています。両岸に異風（銃兵）を置けば、し損じる恐れはないでしょう」

後方に過ぎゆく鉄砲洲の暗い葭原《よしはら》を目で追いながら、光之進は言葉を継いだ。

「寛永の頃に、阿蘭陀《おらんだ》カピタンが大猷院《たいゆういん》（家光）さまに献上したものが最初であったと聞き及んでおります。我が甲賀にも、風砲の製造法は細々と伝授されています。されど、長らく実際に作った者はおらず、拙者も実物を見たことはございません」

「では、何者が……」

「風砲をよく使う忍びの噂《うわさ》は耳にしております。しかし、まさか……」

光之進は苦渋に満ちた顔で言葉を濁らせた。

「よいから、教えよ」

「雑賀衆《さいかしゅう》でございます」

「まことなのかっ」

景之は我が耳を疑った。

「ご存じの通り、雑賀衆は根来衆《ねごろしゅう》と並ぶ鉄砲巧者の集まりでございます」

雑賀衆は、紀伊国の北西部に存在した本願寺門徒を中心とした地侍の集団であった。

鉄砲伝来以降は、数千挺《ちょう》もの鉄砲で武装した傭兵《ようへい》集団として成長し、石山合戦を始め各地を転戦して活躍した。

鉄砲傭兵集団としての雑賀衆は、小牧《こまき》・長久手《ながくて》の戦いで敵対した豊臣秀吉《とよとみひでよし》の紀伊征伐によって滅ぼされ、歴史の表舞台からは消えた。

「雑賀衆と言えば、雑賀孫市《まごいち》配下の鉄砲衆ではないか。つまり黒幕は……水戸徳川家だと申すのか」

景之は自分の口から出た言葉を、自分で信じられなかった。

「おそらく、いま風砲を撃った者どもは、水戸宰相（参議の唐名）さまの配下かと」

雑賀衆に鈴木氏という一族があり、その頭領に雑賀孫市（孫一）という通称で知られる鈴木孫三郎重朝《まごさぶろうしげとも》という武将がいた。

重朝は紀伊征伐によって雑賀衆が滅びた後、秀吉に仕え、小田原征伐では忍城《おしじょう》攻めで活躍した。関ヶ原の戦いでは西軍に属して伏見城一番乗りの功名を上げ、武家社会にその名を知られたが、敗戦後は浪人した。後に伊達政宗《だてまさむね》に仕えたが、政宗の仲介で徳川家康に旗本として三千石で召し抱えられた。

重朝の才を重く見た家康は水戸家に派遣し、十一男で当主の徳川頼房《よりふさ》の側近として仕えさせた。重朝の子の重次《しげつぐ》は水戸家大番頭となったが、男子がなかったため、主君頼房の十一男である重義《しげよし》を養子に迎えた。重義は家老職として雑賀党鈴木氏を継承した。この家系は代々雑賀孫市を名乗り、水戸徳川家の老臣職の家として維新まで続いて行く。

だが、光之進たち、忍び社会にとっての常識はいささか異なる。家康が重朝を水戸徳川家に派したことも、重次が重義を養子に迎え、雑賀党鈴木氏が水戸家老職の家柄となったことも、目的は同じだと言われている。

すなわち、水戸家を守る忍び集団の確立である。

戦国期を生き抜いた家康は、忍びが持つ計り知れない戦闘能力と、敵に回したときの恐ろしさを嫌と言うほど知っていた。かわいい十一男の頼房を守り、徳川宗家の藩《はん》屛《ぺい》たるべき水戸徳川家を守るために、雑賀党鈴木氏の持つ忍びとしての力を必要不可欠なものと考えたのである。

他家の忍びの実態は詳しくはわからない。しかし、いま三人の人質の口を封じた襲撃者は、光之進の目から見れば、水戸徳川家配下の鉄砲忍者集団としか思えないのであった。

「おそらく、雑賀衆は、我らが甲賀忍びとは知らず、阿蘭陀空砲を使っても正体が顕《あらわ》れる恐れはないと踏んだのでしょう。何よりも、築地界隈《かいわい》に銃声が響くことを恐れたものに違いありません」

「なるほど江戸十里四方では鉄砲はきつい御法度だからだな」

「下手をすると、町方などが飛んできますからな……したが、あの風砲の音では鉄砲と思う者はおりますまい。焚《た》き火《び》で竹でも爆《は》ぜた音と思うでしょう」

「ところで厄介な相手だな。水戸家のご当主はまだお若くご改革に熱心だと聞くが……」

水戸徳川家の徳川宗翰《むねもと》はまだ三十歳の若き当主であった。

「お屋敷に戻りましたら、水戸家の内情について少し調べてみたいと思います」

「ああ、頼むとする。しかし、主膳たち三名を殺められ、一つの太い糸が断ち切られたな」

「御意……なんとかして、尚慧の行方を探すほかありませぬ」

「何人《なんぴと》といえども、人の生命をないがしろにする輩《やから》は許すことはできぬ」

景之は心の中にわき上がる怒りを静めようと瞑目《めいもく》した。

心の中とは裏腹な、快調に水を切る艪の音が響き続けた。

＊

日本橋に着いた景之たちは、三人の遺骸《いがい》をとりあえず日本橋近くの茅場町《かやばちょう》にある天台宗の古刹《こせつ》、智泉院《ちせんいん》に預けて番町の屋敷に戻った。

風呂《ふろ》に入って旅塵《りょじん》を落とし、雄四郎に月代《さかやき》を剃《そ》らせた景之は、熨斗《のし》目麻裃《めあさがみしも》の正装に着替え、供揃《ともぞろ》えを整えて屋敷を出た。

登城前に大岡出雲守忠光を訪ね、急ぎ常世の国事件の顚末《てんまつ》を報告しなければならなかった。御側御用人は、通常は朝四つ（午前十時頃）の太鼓を合図に屋敷を出る。

朝五つ（午前八時頃）前に、景之は上屋敷に着くことができた。

いつにない早朝の訪問に、忠光はいささか緊張した面持ちで御座《ござ》の間《ま》に出てきた。

景之は人払いを頼んだ。

二羽の小鳥のさえずりだけが聞こえる御座の間で、景之は忠光に正確を期して伊豆国での出来事を説明した。

伊東池村に隠し金山があったこと、騙《だま》されて連れて来られた二百人の食い詰め者たちが閉じ込められ働かされていたこと、危うく焼き殺されそうになった二百人を救って江戸へ回送中であることを、景之は詳細に伝えた。

さらに、隠し金山を統《す》べていた三人の武士を生け捕りにしたが、隅田川の船上で口封じのために射殺されたことを付け加えた。ただし、水戸家が関与している疑いについては、いまの時点では推測に過ぎないこともあって口に出さなかった。

忠光はただただ驚いて聞いており、金山の主《あるじ》についてはまったく心当たりがないようであった。

「配下の者が作りました金山の見取り図でございます」

最後に景之は、光之進が作成した図面の写しを忠光に差し出した。

「二丁四方……こんな広いものであったか」

忠光は畳の上の見取り図に目を落としてしばらく黙考していたが、やがて顔を上げて重々しく口を開いた。

「これは伊東に領地を持つとは言え、小田原大久保家の一存で謀れることとは思えぬ。いや、むしろ大久保侯はまったくあずかり知らぬことのように思う」

「なにゆえでございますか」

「大久保家は十万三千石の禄高《ろくだか》だが、財政の悪化に苦しんでいる。公儀の要職に就ける家柄でありながら、当主の大蔵大輔（忠興）どのは、本丸大手門番などの軽い役職を除いて、あらゆる職に就こうとはせず、職を求めようともしない」

幕府の要職に就任するためには、忠光のように将軍の君寵《くんちょう》を得ている場合などはともかく、ふつうは相当な猟官運動を必要とした。

「大久保家は譜代中の譜代。唐津から小田原に戻った初代の忠朝《ただとも》侯、二代の忠増《ただます》侯と二代続けてご老中に昇進するなど、公儀の中でも栄達のお家柄として知られる。されど、このために財政難が進んだ」

幕閣として活動するためには多額の資金を要する。

「ところで、山岡は、大久保家がなにゆえ伊豆国に多くの飛び地を持つか知りおるか」

「いえ、存じませぬ」

「ちょうど五十年前のことだ。宝永《ほうえい》の昔に富士山《ふじやま》が火を噴いたことがあった。そのおり相州にもたくさんの灰が降って広い土地で田畑が埋まった。また、酒匂川の水位が上がって堤防が崩れて水没する村が続出した。大久保領のおよそ半分は農耕地として使えなくなった。そのため三代の忠方《ただまさ》候は天災に遭った土地を公儀に返納したのだ」

「小田原家単独での復興をあきらめたのでございますな」

このおりの小田原藩の返納地は、駿河国駿東《すんとう》郡や相模国足柄《あしがら》上郡、足柄下郡、余綾《よろぎ》郡、高座《こうざ》郡の百九十七か村、実に五万六千石以上に及んだ。

「その後、替え地として公儀より賜ったのが伊豆国の大久保領よ」

「なるほど、もともと縁もゆかりもない土地なのでございますな」

「さよう。それまではすべて公儀の三島代官支配だった土地だ。小田原在城の大久保家代官が支配しているものの、家中との縁は薄い」

「なるほど、それでは目が行き届かぬことばかりでしょうな」

忠光は軽くうなずいた。

「さらに言えば、大久保家は宝永の被災からまだ少しも立ち直っていない。いまの窮乏も富士山のためなのだ。当代で四代目に当たる大蔵大輔どのは、家中を切り盛りすることで手一杯だ。家臣の知行の八割を借り上げるほどの逼迫《ひっぱく》ぶりだ」

「なんと、八割でございますか」

「大久保家中は爪《つめ》の先に火を点《とも》すような暮らしを余儀なくされているとも聞く」

忠光は、小田原藩士たちへの同情を示すように首を振った。

「あの金山を開鑿《かいさく》するためには、相当な元手を要することは間違いがありませぬ。また、二百人の働き手を食わせるだけでも、金の運び出しをするためにも多額の元手を要するでしょう」

「さればさ。たしかに金は欲しかろうが、伊豆のような遠隔の飛び地に金山を掘るゆとりなどあるはずはない」

考えがまとまったか、忠光はきっぱりと言い切った。

「やはり、別のもっと大きな大名家が背後に控えているのでしょうな」

まだ水戸家のことを軽々に口にすべきではない。

「大久保家の代官、ないしは郡奉行《こおりぶぎょう》などが抱き込まれている恐れはある。が、自領に隠し金山があったなどと大蔵大輔どのに話したら、気を失うかもしれぬ」

苦笑いを浮かべた忠光は、真剣な目つきで景之の目を見つめた。

「山岡、この件、大目付に廻《まわ》してはまずいな」

「御意……表沙汰《おもてざた》にすると、後で取り返しのつかぬことになる恐れがございます」

本来、大名の不行き届きを監視するのは大目付の職責である。しかし、正規の捜査を始め、水戸家の介在などが表沙汰になったら、幕府の根幹を揺るがす大事件に発展する。景之も同じ考えだった。

「この一件、秘《ひそ》かに調べ続けてくれ」

「承知つかまつりました」

否やはなかった。というよりも、ここで止められては、振り上げた拳《こぶし》の持って行きどころに困る。

「本来の仕事でないのにすまぬ」

「いえ。ここまで手がけた案件でございますので、ご下命、なんともありがたく」

「そう言ってもらうと助かるぞ。ところで、譜代のいくつもの家中に不審によい条件で金を貸している謎《なぞ》の商人の件だが……」

「相済みませぬ。伊東の一件が火急を要するものでしたので、一向に進んでおりませぬ。商人の屋号だけはわかりました。喜多屋と申すようでございます」

「ほう。進んでいるではないか」

「いいえ、それ以上の詳しいことは、これからでございます」

左近たちは借り手の大名・旗本の家の名もつかんでいたが、きちんと裏がとれていないからには、まだ忠光に上申すべきではなかった。

「つい先日頼んだばかりだ。また、これも本来の仕事とも言い難い」

「盗賊が絡んでおれば、火盗の職責ではございますが……」

「頼んだぞ。山岡は不可思議な謎を解く名人だからな」

忠光は、気を引くような口ぶりで、景之を持ち上げた。

「過分な仰せ、恐懼《きょうく》の限りでございます。いずれにしても、伊東の件と併せて調べを進めて参ります」

景之は言い出しにくい話を切り出すことにした。

「ところで、あと数日で、囚《とら》われていた者どもを乗せた便船が伊東から戻って参ります。二百人について寛大なるご処置を願いたいのですが」

忠光は大きく顔をしかめた。

「公儀が駆け落ち者などを認められるわけはなかろう」

たしかに不義密通は公儀の法度《はっと》であり、追放から獄門まで厳しい刑罰が用意されていた。たとえば、主人の未婚の娘と和姦の場合でも男は中追放《ちゅうついほう》となった。三国屋の場合は、主人の妻との姦通《かんつう》なので友蔵は獄門、登勢は死罪となる。

「だが、二百人をいちいち取り調べていては町奉行が繁多となり過ぎて、日頃の仕事が立ちゆかなくなるおそれがあるゆえ……」

忠光はいったん言葉を切って、宣告するように言った。

「此度《こたび》は不問に付す」

「と、仰せになりますと、つまり……」

「品川湊《みなと》で船から降ろしたら、見て見ぬふりをして解き放て」

忠光の声はどこか得意げだった。公儀の重役として最大の寛容さを見せたつもりだろう。もっとも、姦淫《かんいん》の罪は被害者が不問に付せば、すべてが無罪となる定めだった。囚われていた人々を騙して連れ帰ることにならなくて、景之は安堵《あんど》に胸をなで下ろした。

しかし、景之は、二百人の行く末が案じられてならなかった。できれば、生活が立ちゆくようにできぬものだろうか。

「大岡さま」

「な、なにか異論があるのか」

にじり寄った景之に、忠光は大きくひるんだ。

「湊で解き放たれたら、あの者たちの中には、そのまま品川の海に入水してしまう者も少なくないかも知れませぬ」

忠光ははっとした表情を浮かべた。

たとえば、四半分の五十人がいっぺんに入水でもしたら、それこそ開幕《かいばく》以来の大騒動となる。

「そうなれば、また、一騒ぎとなりますぞ」

景之はここを切り口と忠光を脅した。

「うーむ……されど……御法度が……」

忠光の目は泳ぎ続けた。

「せめて、一人あたり一両でも与えてやれば、当座は生命を粗末にすることもないと思うのですが」

一両は下女の半年分の給金に当たる。

「馬鹿なっ。公儀に不義者を後押しせよと申すのか」

忠光の頰《ほお》が怒りのために赤くなった。

「されど、読売などで書き立てられて騒がれたら、御政道を揺るがしかねませぬ」

景之はしつこく食い下がった。二百人の運命の分かれ道である。

忠光はしばし黙ってあごに手をやって、気むずかしげに考え込んでいた。

しばらくすると、表情が打って変わってすっきりとしたものとなった。忠光は頭のよい男だ。事態が抜き差しならぬことを察したようである。

「あいわかった。一人あて一両を出してやろう。二百人で二百両だ」

「おお、まことにありがたきお言葉でございます」

景之の心の中に明るい光が点った気がした。

「だがな、山岡」

忠光はにやりと笑った。

「二百両、これはそのほうが手元から出せ。一両は公儀はあずかり知らぬこと、山岡五郎作一人の計らいだ」

「身どもがですか」

さすがに景之も驚きの声を上げた。

「そのほうなら、二百両の金は工面できよう」

忠光の声はどこか楽しげだった。いま脅したことへの報復のつもりらしい。

「なんとかなるとは……思いますが……」

戸惑いを隠さずに景之は答えた。

「案ずるな。必ず後で埋め合わせができるように取りはからう。山岡に損をさせっぱなしにはせぬ」

「痛み入ります。大岡さまのご恩は忘れませぬ」

景之は深く頭を下げた。

「そうありがたがって貰《もら》っても困る。先が話しづらいではないか……」

「この件が後に問難されるようなことになったとき、身ども一人が責めを負えばよろしいのですな」

すでに景之は、この変則的な下賜の意味を察していた。

「まぁ、そういうことだ」

話しづらいという言葉とは裏腹に、忠光はあっさりと言ってのけた。

「むろん。その覚悟はできております」

景之の本音だった。たとえ、後に問題となってどんな処分を受けようともかまわないと心に決めていた。それは、火盗改役拝命のおりに将軍家重から与えられた「水も漏らさぬよう世の安寧を守り、民心を安んじるがために務めよ」との下命に応《こた》えることでもあった。

（つまずく石も縁の端……か）

大岡家の門を出た景之は、乗物（旗本では布衣《ほい》の身分以上に許された駕籠《かご》）の中でつぶやいていた。

合縁奇縁や袖《そで》すり合うも多生の縁と同じ意味の言葉である。意図せずに持ってしまった二百人との縁だが、景之にはどうしてもこれを放《ほう》り出すことはできなかった。

（藤左衛門《とうざえもん》にまた叱《しか》られるな）

家政を統べている用人の岩室《いわむろ》藤左衛門があわてふためく顔が目に浮かんだ。

だが、山岡家は古い家だけに、たくさんの骨董《こっとう》や刀剣類を先祖から受け継いでいる。これらは影火盗組を養うための経費の助けにもなってきた。先祖伝来の財産をまた処分すれば何とかなろう。

乗物の御簾《みす》越しに、お堀の向こうの鎌倉河岸を行き交う町人たちの姿が望める。天秤棒《てんびんぼう》で魚を売り歩く若い物売りや、買い物に出る商家の娘、辻《つじ》に立って読経する編笠《あみがさ》の雲水。いつも見慣れた、何の変哲もない景色であった。

（のどかな江戸の町の景色を守るが我らのつとめだ）

景之は巨悪と戦う決意を新たにするのであった。

二

翌夕刻、景之は木母寺《もくぼじ》の会亭（料理茶屋）植木屋半兵衛《うえきやはんべえ》に、仙台伊達家の公義使《こうぎつかい》（他家の江戸留守居役にあたる）の川島佐渡《かわしまさど》を招待していた。

「いつもながら植半の眺めは見事でございますな。隅田川の流れに浮かぶ漁《いさ》りの小舟。岸辺の柳木。今夕はまた、夕映えに茜《あかね》に染まる川面が格別ではございませぬか」

障子戸を静かに閉めながら、佐渡は面長で品のよい顔に静かな笑みを浮かべた。景之と同年輩の佐渡は、公儀や諸家との社交を職とするだけに如才のなさは抜きんでている。

「先日は、まことにお世話になり申した」

景之は畳に丁重に手をついた。

「ご丁寧なご挨拶《あいさつ》、痛み入ります。まずはお手をお上げ下され」

「実は本日は、お礼を申し上げるとともに、新たなるお願いがあって、ご足労頂きました」

佐渡の表情は変わらなかった。

「あるいは、そのようなお話ではないかとも推察しておりました。お話をお伺い致しましょう」

留守居役ともあれば、接待には依頼が伴うというのは、常識と思っているのかもしれない。

「実はご府内に、喜多屋と申す怪しい金貸しが暗躍しており申してな……」

景之は喜多屋が譜代大名を中心に破格の条件で金を貸しているという一件を、かいつまんで話した。

「して、拙者に何をせよと仰せか」

佐渡は怪訝《けげん》そうに首を傾《かし》げた。

「伊達家として借財をしたい旨、喜多屋に願い出て頂きたいのでござる」

「そんなによい条件とあらば、伊達家としても、喜多屋とやらに、真実の借財を申し込みたいですな。ご多分に漏れず、当家も台所は厳しいのでございます」

佐渡はまじめ顔を作ったが、むろん冗談であろう。いや、台所が厳しいということだけは冗談ではないはずだが。

「いやいや、喜多屋のこの大盤振る舞いには、必ず裏があるのでござるよ」

声を出して佐渡は笑った。

「もちろん承知しております。これはあくまで、ご公儀の探索のための偽りの借財申し込みでございましょう」

「さようでござる。そこで、上屋敷の表門に竹竿《たけざお》を置いて放置して頂きたいのでござる」

佐渡は小さく顔をしかめた。

「当家が困窮しているように世上の噂になっては困りますな」

「これは怪しい一味を追い詰めるための火盗改方の策略であって、決して伊達陸奥守《むつのかみ》さまのお名に傷をつけるようなことはありませぬ。喜多屋については、御側御用人の大岡出雲守さまからのご下命で調べておりますことゆえ、伊達家から公儀へご助力頂いたということになります。どうか、なにとぞ」

景之が力を込めて頼むと、佐渡は表情を変えずにしばし沈黙した。

「有り体に申せば、ご公儀に貸しを作れると仰せなのですな」

探るような瞳《ひとみ》で佐渡は景之を見た。

「必ずお返しできるとお約束はできませぬが……」

「あいわかり申した。ほかならぬ山岡さまのお頼みとあれば、お引き受け申しましょう」

佐渡は明快な口調で承諾の言葉を口にした。

「ありがとうござる。ありがとうござる」

景之は畳に頭をすりつけた。

「お顔をお上げ下さい。陪臣《ばいしん》の身で、ご直参にそんな格好をさせたとあっては主家に叱られます」

困惑気味の佐渡の声に、景之は頭を上げた。

「先月の一件でも、ご公儀より我が伊達家にお咎《とが》めはおろか、少しのお尋ねもありませなんだ。これすべて山岡さまのお力かと存じます。山岡さまを信じてお助け申して本当によかったと思っております」

「まことにありがたきお言葉でござる」

暮れから正月にかけて芝口の伊達家上屋敷の鹽竈社《しおがましゃ》をはじめ寺社が次々に爆砕されて、幾人も死傷するという騒ぎがあった。

伊達家は被害を受けた側ではあるが、凶事を引き起こした一味とは、深い因縁があった。

だが、景之は伊達家の事件への関《かか》わりを、大名家を監察する大目付に告げなかった。

大目付が乗り出せば、伊達家もなんらかの処分を受ける恐れはあった。

景之はただ、事件が解決すればよかった。伊達家に無用の累が及ぶことを避けたかったのである。

「ところで、川島どの。借り受けの交渉には、我がほうから芥川光之進という家来を遣わします。我が家中一の利け者です。この芥川を伊達さまのご家来衆という触れ込みで、喜多屋に会わせて頂きたいのです」

「ははぁ、商家でいえば、看板をお貸しするようなものですな」

「さよう。伊達のご家中には、ご足労をおかけするようなことはございませぬ」

「わかりました。それでは芥川どのを拙者の下僚《かりよう》ということに致しましょう。さらに、取引の場には拙者自身も参ります」

「何ですと」

予期していなかった佐渡の言葉だった。

「大名家の借財依頼は、江戸では多くの場合、留守居役の仕事でございます。我が伊達家にあっては公義使たる拙者が参らねば怪しまれます」

「まことですか」

「武士に二言はござらぬ。拙者が下僚の芥川どのを連れて行くという体を取りましょう。それなら、どんな相手でも、伊達家がまことに借財を申し込みたいのだと信ずるはず」

「ご厚志、決して忘れませぬ」

川島の親切は、単に伊達家の利益のためとも思えなかった。

「しかし、山岡さまはまことに白雪のようなお方でございますな」

「それは買いかぶりというものでござる」

「いや、佐渡もこの年まで公義使などをして参りました。はばかりながら、人の表裏を見る目もいささかは養って参った。ご貴殿にはいつも私心というものが、少しも見られませぬ。常にご公儀のために生命を懸けていらっしゃる」

「それならば、川島どのこそ、伊達のご家中のことだけをお考えになっていらっしゃる。まことの武士と思います」

これまた景之の本音だった。佐渡は老獪《ろうかい》ではあるが、主家のためにしか動かない男だった。私心がないとは佐渡にこそ与えられる賛辞であろう。

「男同士でお互いに惚《ほ》れたぞと言い合っていてもつまりませぬ。ここが八百善《やおぜん》でもあれば、これから北国《ほっこく》（吉原）にでもご案内するところですが、ちと遠いですな」

「いやいや、身どもはそのほうは至って不調法でして……」

崩れ始めてはいるが、先代吉宗の御代《みよ》から、旗本の登楼は禁じられている。

「は、たしかに、遊郭へ出入りともなると、ご直参はいろいろと差し障りがおありですからな」

「はい、さすがにそこまでは、上の許しを得ておりませぬ」

この軽口に佐渡は愉快そうに笑った。

「ははは、これは山岡さまの急所を見つけた思いです。武芸百般に秀でてお出でだと拝聴しておりますが、弱点というのはどんな丈夫にもあるものですな。いや、これは失礼」

「まぁ、一献」

からかう佐渡に答える術《すべ》を持たない景之は、酒器を差し出すほかなかった。

大川は薄闇に染まり始めていた。

＊

植半から屋敷へ戻ると、光之進が書院に顔を出した。

「殿……手づるを使って水戸さまのことをいささか調べました」

「早いな。聞かせてくれ」

「水戸さまはご公儀より、家政（藩財政）の立て直しを強く迫られておりましたな」

「さよう聞き及ぶ。いまから十五年ほど前の話だ。老中の堀田《ほった》侍従（正亮《まさすけ》）さまが、水戸さまの分家（支藩）である陸奥国守山《もりやま》松平家のご当主（松平頼寛《よりひろ》）と常陸国府中松平家のご当主（松平頼済《よりずみ》）を役宅にお呼びになり、いかなることがあっても家政を立て直すようにとお命じになったらしい」

老中が御三家や大藩などに命令をする際には、直接当主に告げず、支藩の藩主や家老職に伝える場合が多かった。老中のほうがずっと低い身分に当たるからである。

「これに驚いた水戸家ご当代の宰相（徳川宗翰）さまは、道灌《どうかん》公の末裔《まつえい》である家老の太田《おおた》下野守《しもつけのかみ》（資胤《すけたね》）どのに家政の改革をお命じになったと聞いているが……」

「その太田下野守さまは、昨年四月にご他界になりました」

「そうだったか」

「下野守さまは、あまりに厳しい改革を無理にお進めになられました。異を唱える水戸家家臣は少なくなく、反対派は一昨年《おととし》の十二月に下野守さまを闇討ちにしたのです」

「水戸家にさような内紛があったとはな」

景之はうならざるを得なかった。

「下野守さまは致仕《ちし》（辞職）せざるを得ず、怪我が元で亡くなられました。ところが、下野守さまの隠居を境に、水戸さまの改革は頓挫《とんざ》してしまったのでございます」

「ふむ、したが、公儀からの催促に応えて改革を続けなければ、水戸家に災厄が降りかかる恐れがあるというわけだな」

老中からの命とはいえ、改革を進めなければ、将軍の意に逆らうことになる。

「仰せの通りです。ところで、下野守さまの治政改革の中に金山開鑿がございました」

「まことか」

景之は大きな声を出した。

「はい、水戸家ご領内の八溝《やみぞ》、金沢という山で金の試掘を行っていたのです。これも、下野守さまの致仕とともに沙汰《さた》止《や》みとなりました。金山試掘を統べていたのは水戸家で財政を司《つかさど》る四人の割物奉行《わりものぶぎょう》のうちの一人で、その名は榎木《えのき》主膳と申しました」

「な、なんだと。それでは我らが昨夜連れ帰る途中、大川で撃ち殺された主膳は、その男だったと申すか」

黒雲が少しだけ晴れてきた。

「そのようですな。つまりは常陸国で頓挫した金掘りを伊豆国で再開したということだと思われます」

「水戸宰相さまはこれをお認めになっているというのか」

「おそらくはご存じないかと……」

「なにゆえ、そう思う」

「下野守さまが致仕なさってから、水戸ご当代さまは奥に引きこもりっ放しだそうでございます。治政にはすっかり関心をなくしてしまわれたと、家中のもっぱらの噂です」

「なるほど、家臣団が勝手に謀ったことか」

「おそらくは……」

「三人が口封じで殺されたからには、榎木主膳を操っていた者がさらに上にいると考えてよいな」

「はい、雑賀衆とも結びつきます。雑賀衆を差配できる者の仕業かと」

「光之進の申す通りだ。しかし、こんな詳しい話をどこから聞いて参ったのだ」

「実は太田下野守さまの次男に資利《すけとし》というお方があり、定府《じょうふ》（江戸詰）なのですが、閑職に追いやられております。この太田資利さまの家士から聞き出しました」

「なるほど、冷遇されている家の家士だけに、主家への不満をぶちまけたというわけだな」

「まぁ、少し酒を奢《おご》ってやると、べらべらと……」

小石川の上屋敷の周辺で、水戸家ゆかりのものを探して当たりを付けたのだろう。

「さすがは光之進だ。短い間によく調べた。これで、池村の金山を切り回していたのが、水戸家であることは動かぬ話となったな」

「はい、まず間違いないかと」

「この先、どのように核心に迫って行けばよいのか」

水戸家に直接揺さぶりを掛けても無駄な話だ。光之進が太田家の家士から聞き出したことは、半ば公になっている話がほとんどと思われる。今回の無法で非道な事件とは性質が違う。

「ところで、光之進。近々、そこもとの出番があるぞ」

「どのようなつとめでしょうか」

光之進は期待に声を弾ませた。伊豆で生命懸けで戦った直後というのに、疲れ知らずの男である。

景之は植半で川島佐渡と約束した話を聞かせた。

「川島さまは、殿のお人柄を慕っていらっしゃるようですね」

「初めに会ったときとはずいぶんな変わりようでありがたいが、男に惚れられても嬉《うれ》しくないわ」

光之進は笑い声を立てた。

「いやいや、男が惚れる男は女も惚れると申しますから」

＊

暦が如月《きさらぎ》に入った三日後のことである。伊達家上屋敷の川島佐渡から使いが来た。

川島家の家士は、喜多屋から川島佐渡に宛《あ》てた書状を携えていた。

――今宵、暮れ六つの鳴る頃、蔵前の首尾の松でお待ち申し上げ候。屋根船の舳先の赤布を目印にお越し下されたし。なお、こちらは遣いの者ゆえ、そちらさまもお遣いの方一名にてお越し頂きたく。

「主人佐渡は、自分が出馬できず口惜《くちお》しいと申しておりました」

川島家の家士はそう言って帰って行った。

すぐに光之進たち影火盗組の五名は奥座敷に集められた。

景之のもとで影火盗組が密議を凝らすための部屋で、ここへ続く廊下の途中に設けた戸立ても内側から鍵《かぎ》を掛けてある。家士は急用があるときのみ、鳴子を引くことになっている。

「光之進、船頭を頼むのではなく、こちらから船を出したほうがよさそうだな」

「ええ、敵はそのまま船で立ち去るでしょう。密会の場所に船を選んだのは逃走に都合がよいからに違いありません」

光之進は確信していた。

「さらにもう一艘、後追いの船を出しましょう」

「近くに浮かべておくのだな」

「船となると供を大勢連れて行けません。五平に船を漕がせて、拙者一人が適当かと。供を減らすのが、もう一つの敵の狙いかとも思われます」

「まさか、こちらが忍びとはわかってはおるまいがな」

「そもそも拙者は伊達家の臣という触れ込みですからな……そこで、後追いの船に雄四郎と渚を乗せます。無駄骨に終わるかもしれませんが、敵の根城へ迫れる好機かとも思います」

「俺も行くぞ。屋敷でのうのうとはしておれぬ」

光之進は戸惑った。景之の出馬はありがたいが、敵の後を追う上では、正直、足手まといである。景之に忍びのような動きを期待することはできない。

（ご無礼ながら、いざという時には後からお出で頂こう）

だが、配下の影火盗組だけに任せず、いつも自ら危地に飛び込もうとする景之を、光之進は心から敬っていた。

「恐れ入ります。では後追いの船は少し大きめのものを借り受けたほうがよいでしょう。五平も乗り込みますので、都合五名ですからな……これを雄四郎が漕ぐということで……」

「差し支えなければ、手前に後追いの船を漕がせて頂けませんか。若い頃に少しいたずらしたこともございますんで」

黙って聞いていた弥三郎が、光之進と景之の顔を交互に眺めながら申し出た。

「そうか。では、弥三郎。頼んだぞ」

「おまかせくださいまし」

「では、影火盗組の総勢で参るぞ。敵が姿を現してくれることを八幡大菩薩《はちまんだいぼさつ》に祈ろう」

「南無八幡大菩薩」

締めくくる景之の言葉に、光之進をはじめ影火盗組の面々は、武神八幡大菩薩の称号を高らかに唱えた。

＊

春の陽は、浅草東本願寺本堂の長大な瓦屋根の向こうに沈んでいた。

西の空は青紫色に霞《かす》み、暗く沈み始めた川面に、浅草寺の時の鐘が清澄な音で響き渡っている。

喜多屋が指定した蔵前の「首尾の松」が川面に数本の影を黒々と落としている。船で吉原へ向かう通人が、その晩の首尾を願ったことからこの名で呼ばれたとも言われている。

目の前が延々と続く御米蔵だけに、陽が沈むとあたりは真っ暗で人気《ひとけ》は途絶えた。少なくとも、陸上には……。

大川の中でも吾妻橋からそう遠くはないのに暗い場所なので、日暮れ頃から怪しげな屋根船が多く漕ぎ寄せていた。つまり、男女の密会や売春の場として首尾の松付近が使われていたというわけである。

光之進は数百石取りの武士にも見える立派な羽織袴姿で、五平が漕ぐ猪牙舟《ちょきぶね》の胴ノ間に座っていた。

「五平、あれだ」

少し大ぶりの屋根船が南端の岸辺近くに漕ぎ寄せている。しごき帯を細長く切ったような赤布が舳先から短く下がっていた。

上方で流行《はや》っている、茶船《ちゃぶね》という御簾の代わりに障子戸を使った立派な屋根船だった。なるほどこれなら、御簾が不本意に風に巻き上げられて、周囲に顔を見られる気遣いもない。この船だけは障子を通して薄ら明かりが見えている。

「頼もう。書状を頂き参上した者でござる」

声を掛けると障子が開かれて、一人の三十代半ばくらいの男がもみ手をしながら答えた。

「まことにご足労でございますが、こちらの船にお乗り移り下さいませ」

「承知つかまった」

艫に立つ船頭に手を取られて光之進は、茶船の艫に乗り込んだ。

(むっ……こ奴……)

無表情な若い船頭だが、妙に隙《すき》がない。忍びなのかもしれない。

胴ノ間に滑り込むと、船用の狭い畳の上で小さな行灯《あんどん》の傍らに、いま障子を開けた男がちんまりと座っていた。

「喜多屋善兵衛《ぜんべえ》の手代、儀左衛門《ぎざえもん》でございます」

商家の手代らしい身なりの中肉中背の男は恭しい態度で畳に手をついた。

（こ奴、間違いなく忍びだな）

光之進の直感である。表情の作り方の不自然なほどの自然さや、ゆったりと構えながら隙のない姿勢。自然体にしていると、忍びはどうしても独特の構えが出る。ふつうの人間には見られない忍び独特の「臭み」を、光之進は感じ取っていた。

（こちらはすべての力を抜かねばな）

光之進は自分の身体の緊張を抜くように努めた。

「仙台伊達家江戸番組の荒井友之介《あらいとものすけ》と申す。公義使川島佐渡の命によりまかり越した次第」

光之進は偽名を使い、できるだけ武張った調子で答えた。

儀左衛門の小さな目、低い鼻、特徴の感じられない平たい丸顔は忍びには打って付けだろう。長時間、話していても別れたらすぐに忘れてしまいそうな顔立ちである。

光之進は自分の目立つ容貌を、忍びとしての最大の欠点だと感じていた。

「荒井さま、此度は手前どもにお声をおかけ頂き、まことにありがとうございました。商談に入ります前に、ひとつだけお尋ねしたいことがございます」

儀左衛門と名乗った男は、眉根《まゆね》にしわを寄せて訊いた。

か」

「あの……伊達さまは手前どもへのご依頼の目印をなにゆえにご存じでございました

「何なりと」

予期していた問いだが、簡単に答えれば怪しまれる。

「親戚筋から聞き及び申した」

光之進は答えをはぐらかした。

「そのご親戚さまの御家はどちらでございますか」

畳みかけるように儀左衛門は訊いた。

「申さねばならぬか」

光之進は、さらに念入りに戸惑いを見せる。

「ぜひにも伺いとうございます。あきないの取引は信用第一でございます」

儀左衛門は満面に愛想笑いを浮かべた。むろん両の目は少しも笑っていない。

「実は……稲葉《いなば》丹後守《たんごのかみ》さまご家中より聞き及んだ次第」

そもそも伊達家と稲葉家は代々婚姻を繰り返しており、緊密な関係の家同士である。

また、光之進は左近たちの調べで、淀《よど》稲葉家が喜多屋から借財に及んでいることも知っていた。

「ははぁ、得心が参りました。稲葉さまはたしかにご親戚筋ですな」

儀左衛門はやわらかな笑みを作って、言葉を継いだ。

「いきなりで恐れ入りますが、伊達さまはいかほどのご所望で」

「で、でき得ることとなれば……に、二万両をお願いしたいのだが……」

下からのぞき込む目つきで光之進は震え声を出した。無理難題を懇願しているという体を装わなければならない。

「二万両とはまた、大きいお話ですな」

儀左衛門の高みから見下ろす失敬な口調も、本心からではあるまい。

「重々わかっており申す。七重の膝《ひざ》を八重に折っての願いでござる」

光之進は畳に頭をすりつけた。

「わかりました。帰って主人に伝えます。ちなみに頂戴《ちょうだい》いたします年利は八分と考えております る」

「八分とはこれはまた破格な」

当時の札差《ふださし》は年利一割二分くらいの利息を取っていた。

「いやいや、ご名家ご名族がお困りとあらば、微力なりとお力添えできれば、喜多屋の誉《ほま》れでございます」

見え透いた世辞は、相手が忍びだけに薄気味悪く響いた。

「担保《かた》については次にお目に掛かるまでに、定めさせて頂くか否かを、考えさせて頂きたいと存じます」

「何とぞよしなに……」

ふたたび光之進は頭を下げた。

「まぁ、天下に名高いご名家の伊達さまが、喜多屋をお頼り頂いたことは、万々《ばんばん》ありがたく思っております」

ふたたび儀左衛門は上から見下ろすような口調で答えた。

（諸家の留守居役も大変だな……）

儀左衛門はふつうの金貸しらしい態度を装っている。

誇りを傷つけられ通しの交渉は、まともな武士としてはさぞかしつらいだろう。堪えがたき屈辱を堪え忍ぶのが、留守居などの職にある者のつとめなのだ。

（その意味では忍びは楽だ）

光之進は内心で苦笑した。

この茶船では、光之進も儀左衛門も、他人になりすましているわけであって、いまの場に己自身はいない。己でない者がいくら頭を下げようと卑屈に世辞を言おうと、本当の心は少しも痛むことがなかった。

「次にお目に掛かりますときには、また、投げ文をさせて頂きますので、お待ち頂ければ」

「あいわかった。今宵は世話になり申した」

「いえ、こちらこそお目に掛かれまして幸いでございました」

別れのあいさつを交わして、光之進は外に出た。

艫では船頭が片膝を突いていた。

チカッと火花が散るように殺気を覚えた気がした。

（む、気のせいか）

ふたたび船頭が手を取り、光之進は猪牙舟の胴ノ間に戻った。

何ごともなく、茶船は岸辺を離れゆく。

軋む艪音が川面に響く。

暗い御米蔵の上に銀粉を刷毛《はけ》で刷《は》いたように天の川が横たわっていた。

三

弥三郎の漕ぐ屋根船は、かなりの間合いを取ってすでに茶船を追っていた。

「よしっ、五平、殿の船に後ろから近づけろ。猪牙は捨てて屋根船に乗り込むぞ」

「へいっ、ちょっとお待ち下さいよ」

五平は巧みに艪を操り、あっという間に猪牙舟を、景之たちが乗る屋根船の左舷後方につけた。

「五平、猪牙船の始末は任せたぞ」

「承知でさぁ。そこいらに舫《もや》って、あっしは泳いで追いつきます」

五平の威勢のよい声を背中に聞きながら、光之進は猪牙舟の舳先近くから屋根船の艫へと飛び移った。

弥三郎が、手際よく艪を動かしながら会釈した。

「ご苦労だな、弥三郎。つらくなったら雄四郎に代わらせるぞ」

「いまのところまだ大丈夫そうでございます」

弥三郎の艪さばきもなかなか堂に入ったものだった。

御簾を上げて胴ノ間に入ると、舳先側の御簾を少しだけ上げて、景之、雄四郎、渚の三人が前を行く茶船を目で追っていた。

「殿……」

「おお、どうであった」

景之がゆったりと振り返った。雄四郎と渚は一瞬光之進へ向けて目礼すると、そのまま前方の見張りに戻った。

「喜多屋の手代を名乗る儀左衛門なる男と借財の話を致しました。この男、十中八九は忍びの者でございます」

「そうか、ではやはり雑賀衆か」

「おそらくは……ところで、茶船がこの先、どこまで遡《さかのぼ》るのかわかりませぬが、敵は最後には陸《おか》に上がるはずです。その際は、大勢で追いかけると目立ちますゆえ、五平と二人で敵の後をつけます」

「俺たちはどうしていたらよいのだな」

「殿には雄四郎と渚を引き連れて、拙者たちが見えるギリギリの間合いで後を追って下されたく」

「あいわかった」

敵が忍びであるからには、走り出したら、景之には追いつけない。

「もし、我らの足が速すぎるときには、まことに恐れ入りますが、雄四郎と渚を先行させ、殿は後から一人でお越し下さい」

「伊豆と同じように、そこもとたちと離れるのはずいぶん淋《さび》しいな。したが、この際、やむを得まい」

景之はおどけた調子で答えた。

「まだまだ川の水は冷てぇや」

しばらくすると、水に濡《ぬ》れた五平が舷側《ふなばた》から上がってきて、袖を絞った。

「風邪を引くなよ」

光之進は着替えを渡してやった。

「おっ、ありがたいねぇ」

五平は手刀を切るような仕草を見せてから、着替えを受け取った。

「渚、代わるぞ」

光之進は舳先近い場所に移って御簾を少しだけ捲《めく》った。

儀左衛門を乗せた茶船は大川を遡ってゆく。すでに行灯の明かりは消してあって、障子窓は青く沈んでいた。

右岸近くを漕ぎ続けていた茶船が、吾妻橋を過ぎるとすぐ反対岸に舳先を向けた。

左岸、本所の奥に巨大な影を映す白壁が浮かび上がってきた。

「おお、あれは水戸さまのご別邸ですね」

雄四郎が小さく叫んだ。

水戸街道を挟んで隅田川に影を落としているのは、水戸徳川家下屋敷だった。

茶船は、右へ直角に曲がって、源森川《げんもりがわ》へと入って行く。後に残った澪《みお》の白波が目に沁《し》みた。

「源森川は幅十間ほどしかありませんし、この刻限に行き交う船も多くありませんので、この船で追えば目立ちすぎます。中之郷瓦町《なかのごうかわらまち》あたりで大川端に船を着けたほうがよいものと思われます」

「そうだな。おい、弥三郎、そろそろ岸へ着けるぞ」

光之進の献策に従って、景之は屋根船を中之郷瓦町沿いの大川端に着けた。

「五平参るぞ。御先にご免っ」

景之の返事を待たずして、光之進は艫から飛び降りて走り出した。後に五平が続く足音が響く。

源森橋（枕橋）を潜《くぐ》った茶船は一丁ほど先の源森川を東へと漕ぎ進めている。

源森川は、横川へ続く運河であるため真っ直《ます》ぐに東へと流れ、川幅はきれいに整っている。

川を挟んだ目の前に水戸家下屋敷の練り塀が延々と続いている。源森川は水戸家屋敷の南面に沿って流れている。

夜風が遅咲きの梅の華やかな香りを運んで来た。

（小梅御殿か……）

隅田の水戸家下屋敷は梅林の見事なことで世に知られ、小梅御殿との別名を持っていた。

「五平、水戸家側の近くは目立つ。ひととき、瓦焼場の裏を走るぞ」

「連中はこんだけ狭い川に入ったんだ。なぁに、見失うもんじゃありませんよ」

瓦焼場の裏手に東西に延びる細道からは、ところどころで積まれた屋根瓦の隙間から源森川の流れが見える。

茶船はゆったりとした速度で東へと漕ぎ進めている。

（水戸家下屋敷は通り過ぎてしまったな）

下屋敷そのものに用があるのではないのか。では、いったいどこへ向かうというのか。

左右どちらの岸沿いの道もこのあたりから川を逸《そ》れて行ってしまう。

「五平、業平橋《なりひらばし》で待ち伏せするぞっ」

「合点承知っ」

業平橋のたもとで身を潜めていると、茶船はすぐ目の前に広がる小梅村《こうめむら》の百姓地の岸辺に漕ぎ寄せていった。

船頭が棒杭《ぼうくい》に船を舫っている。

（小梅村か須崎村《すさきむら》に行くつもりか……）

ここで船を下りるからには、曳舟川《ひきふねがわ》東岸の小梅村か西岸の須崎村に行くつもりだろう。

儀左衛門と船頭はそのまま東の方角へ歩き始めた。

（やはり二人とも忍びだ）

朔日《さくじつ》のこととて月はなく、星明かりと遠い中之郷町の灯火だけでは、かなり薄暗い。ところが、二人は提灯《ちょうちん》もつけずに足元もしっかり歩き続けている。目を鍛えている忍びならではの歩き方であった。

（小梅村だ。小梅村に向かっている）

北十間川沿いの遮るものがない畑地だけに、身を隠しにくい。光之進は慎重に距離を保ちながら、二人の敵の後を追い続けた。

四半里（一キロ）ほど歩くと、左手の蔬菜《そさい》畑の奥にぽつんと明かりが見えてきた。

敵の二人は明かりを目指して、北十間川から離れて行く。

「五平、どうやらあれが敵の根城のようだぞ」

「あっしが殿さまたちを、ここまでお連れ致しやしょう」

五平は背後の闇に消えた。

敵の二人に見つからぬように間合いに気を遣いながら後を追い続ける。

杉森に囲まれた瓦屋根がぼんやりと浮かび上がった。

（寺だな……）

二人は粗末な山門を潜って本堂へと入っていった。

高さ数丈に及ぶ榧《かや》の木が山門脇にそそり立っている。

山門の扁額《へんがく》には「龍泉院《りゅうせんいん》」とあった。

杉森の蔭《かげ》に身を潜めて、光之進は子細に寺を観察した。

五間ほど離れたところに立つ本堂は、せいぜい二間間口ほどか。ずいぶんと荒れ果てた寺だが、境内に置かれている桶《おけ》や鍬《くわ》などからは、人が常時暮らしている気配が感じられる。廃寺ではないのかもしれない。

光之進はその場で着物を脱ぎ捨てた。下には忍び装束を着込んである。ただし、鎖《くさり》帷子《かたびら》は喜多屋と会う際に不自然に厚着となるため、身につけていなかった。

本堂の閉じられた板戸には顔の高さに小さな横長の窓があって、明かりはここから外へ漏れ出しているのだった。

山門から境内に忍び入ろうとして、光之進の足は止まった。

(この寺……何かおかしい……)

不穏な気配が境内のあちこちに漂っている。

都合のよいものが足元に転がっていた。椎の実が五、六個地に落ちている。秋に落ちたものが外皮が腐って中の種子だけが残ったものだろう。

(まずは試してみるか……)

光之進は椎の実を拾って垂直に放り上げ、山門の瓦屋根に落とした。

カランという音が響いたと思った瞬間。

本堂の縁の下で、何者かがかすかな音を立てて動いた。その音はしかも、縁の下の五箇所から聞こえた。

光之進は地に這《は》って、縁の下に目を凝らした。本堂から漏れる明かりが邪魔だが、しばらく闇を凝視し続けていると、細長いものを手にした黒装束の男たちが這いつくばっているのがわかった。

（忍びだ……鉄砲を構えている……雑賀衆だな）

光之進にはこの寺の性質がわかった。ここは彼らの主人筋にあたる者が密談をする場所なのだ。雑賀衆は密談が終わるまで、縁の下で警固を続けているものに違いない。

（はて、どうやって戦えばよいものか）

こちらの気配を見せただけで、五挺の鉄砲が火を噴く。当然のことながら、焙烙火《ほうろくひ》矢《や》などの投擲《とうてき》火器では飛距離の点で大きく水をあけられる。対抗できるものではない。

光之進はとりあえず、北十間川の岸辺の方向に戻ることにした。景之たちに待ち構えている危険を伝えなければならない。

しばらく戻ると、五平が先導した景之たちの一団が畦道《あぜみち》をこちらに向かってきた。

「殿、ここでしばらくお待ち下さい。この先の龍泉院という寺が敵の隠れ家でございます」

光之進は景之の元に走って告げた。

「そうか、いよいよ敵地に乗り込むか」

「五人の雑賀衆が鉄砲を持って待ち構えております。いま、我々の採るべき戦い方を思案しているところでございます」

「されど、鉄砲とあれば、先に撃たせてしまえばよいのではないか。立て続けには撃てまい」

「おそらく雑賀衆には通じませぬ。彼らは二連、三連、四連といった鉄砲を作っているとの噂もあります」

「まことか……」

景之は驚きの声を上げた。

「はい、開幕以来鉄砲はあまり代わり映えいたしませぬ。されど、彼らだけは新しい工夫を続けて参ったと聞いております」

「それは恐ろしいな」

「全員を殲滅《せんめつ》するのであれば、採るべき手段はありますが……」

「できれば全員を生け捕りにしたいのだが……」

「殿……まことに申し訳なき儀ながら、それはお約束できませぬ」

「無理か……」

「無理でございます。敵はただの武士ではなく、鉄砲術に秀でた忍びでございます。手加減をしていては、我々の生命が危地に陥ります」

「それはいかん。そこもとたちの誰一人とて、怪我をしてはならぬ」

景之の激しい声が響いた。

「全員を生け捕りにするには、十騎の騎馬武者を要しましょう」

「組下を呼んでいる暇はないしな」

景之はうなった。

「密談が終われば、少なくとも首魁《しゅかい》はこの寺から立ち去るでしょう」

「せめて、首魁の二、三人なりとも生け捕りにはできぬか」

「なんとか考えてみましょう」

敵の密談がいつ終わるかはわからない。少しでも早く軍配を考え出さねばと、光之進は焦った。

光之進の頭の中に閃光《せんこう》が走った。

（そうだ、あの手を使ってみるか……）

「落ちのびてくる敵があるやも知れませぬ。殿はここでお待ち伏せを願えればありがたく」

「あいわかった。一人も逃しはせぬ」

背後の左斜めから吹く風が小梅御殿の梅の香を運んで来た。

＊

雄四郎は山門の右手脇の暗闇に身を隠していた。山門脇の左手には光之進が控える。二人の役割は同じである。機を見て本堂に攻め入り、首魁を捕らえることであった。

左手からすさまじい風のうなりとともに光の筋が飛んできた。光は本堂の板戸に真っ直ぐに向かっている。

火矢は少しも過たずに本堂の板戸に突き刺さった。

矢尻部分が小さく砕けて散り、板戸に火が付いた。

二本目、三本目の矢が突き刺さった。

(弥三郎、さすがだ。一丁離れたところから、あれだけの勢いで火矢を射るとは)

「な、なんだっ」

「火が、板戸が燃えているぞ」

縁の下から銃を携えた男たちがわらわらと出てきた。

渚と五平が山門を伝って椢の大木に登る姿が目の端に映った。

雄四郎は立ち上がって抜刀した。

「うろたえるなぁっ。矢の飛んできた方角に敵はいるぞっ」

堂内から堂々たる声音の下知が飛んだ。

異風（銃兵）の雑賀衆が、いっせいに銃を構えて山門近くで居並んだ。

「おお、見えるぞっ。敵は真正面だ。放てえ」

小頭らしき男の号令とともに、五挺の鉄砲が火を噴いた。

「第二射、放てぇっ」

ふたたび鉄砲が火を噴いた。

煙硝の煙が境内を覆った。

その刹那《せつな》。

「うわっ」

「ぎえっ」

叫び声が続き、五人の異風は次々に鉄砲を放り出した。

渚と五平が木の上から手裏剣を打ったのだ。

「よしっ、いまだっ」

光之進の掛け声にあわせ、境内に走り込む。

本堂は天に向かって炎を上げ始めた。

五段ある木の階《きざはし》を駆け下りてくる男は、儀左衛門と船頭だった。

「雄四郎は船頭をやれっ。俺は儀左衛門をやるっ」

光之進が傍らで叫んだ。

背後で燃える炎が階を下りた船頭を照らしている。間合いはわずか三間ほどだ。

口元に浮かべた酷薄な笑みが炎に揺れる。

（かなりの使い手だ……）

もちろん、この男は船頭などではなかった。

六尺近い全身から放つ殺気はただものではない。

船頭の右手には見慣れぬ形の短筒《たんづつ》が握られていた。火縄の燃える臭いがしなかったので、気づかなかった。

（しまったっ、こいつも銃を持っている）

雄四郎は無意識に右手へ跳躍していた。

破裂音が耳を引き裂いた。

左の二の腕が痺《しび》れる。

（やられたっ）

だが、幸いにも肉をそぎ落とした程度のようだ。

船頭はふたたび、短筒を構え直した。

（二連銃かっ）

一発目は運がよかったのだ。今度こそ撃《う》ち殺されるだろう。

（撃たれるっ）

次の瞬間、雄四郎は右腕を振りかぶった。

力の限り大刀を投げつける。

飛刀打ちである。

「ぎゃおっ」

大刀は船頭の右胸に突き刺さった。

ずるずると身体を崩し、船頭は力なく短筒を構えた。

雄四郎は小刀を引き抜きながら、だっと踏み込んだ。

「待てっ。雄四郎っ」

光之進の声が聞こえたが、短筒への恐怖が雄四郎を衝き動かしていた。

雄四郎は船頭を蹴り倒した。

後ろへ倒れた敵の身体にまたがり、勢いよく首筋を引き切る。

鮮血が噴き出し、雄四郎の着物に勢いよくかかった。

船頭はそのまま動かなくなった。

「馬鹿ものっ。敵を殺すなとの、殿のご命ではないか」

光之進が駆け寄ってきて、背中を強く叩いた。

雄四郎はようやく我に返った。

「こ奴の筒先は震えて定まっていなかったのだぞ。蹴り倒したところで、短筒を奪えばよいだけの話ではないか」

自分の採るべきであった途《みち》を教えられて、身体全体が恥ずかしさで熱くなった。

「俺は殺さなくてよい者にとどめを刺してしまった……」

あまりの苦しさに、雄四郎は、その場にへなへなとうずくまった。

「恐れに打ち克《か》つのが忍びが初めに修めねばならぬ心の技だ」

光之進は雄四郎の肩に手を置き、厳しい目で見つめた。

「お、俺は……そんなに駄目な忍びですか」

目の前に立ちはだかる尊敬すべき先達に、雄四郎は食って掛かった。

「よいか、自分の心に打ち克つのだ」

光之進の声は静かだった。

「くそっ、くそっ」

雄四郎は頭を地に打ちつけた。

「生きるか死ぬかの時でしょ。そんなに自分を責めないで」

背後で渚のやわらかい声が響いた。

自分を気遣ってくれる渚のゆとりと落ち着きは、かえって雄四郎の心を落ち込ませた。

「放《ほ》っといて下さいっ」

雄四郎は、八つ当たりとわかっていて、渚に激しい声で抗《あらが》った。

＊

景之は山門から少し川へ下ったあたりで、落ちのびてくる者を待ち構えていた。

やがて、遠くに見える炎の中から一人の仏僧が景之の前に姿を現した。

仏僧は小走りにこの場から立ち去ろうとしていた。

墨衣を身にまとい、六尺近い樫棒《かしぼう》を手にしている。人々を伊東へ連れ去った、尚慧というくだんの真言僧かもしれない。

「ご坊、お待ち申しておりましたぞ」

「はて、貴殿はどなたかな」

落ち着いた声音だった。

「火盗改方の山岡五郎作と申します」

「ほう、拙僧に何用でおざろう」

穏やかな声音は続いていた。

「万々、お尋ねしたいことがござってな」

「お答えする筋はないとお返事申したら、どうなさる」

「刀に賭けても、お伺いしたい」

「では、やむを得ませぬな。どちらかが生命を落とすまで」

仏僧が樫棒を構えた。

左右の手を身体の幅よりやや広く開いて棒を斜めに支えるように構えている。

「ほう、待気《たいき》構《がま》えですな。ご坊はご出家にもかかわらず棒術をお修めか」

「いささか……」

仏僧はにやりと笑った。

「山岡どの、参りますぞ」

「お相手つかまつる」

顔つきが変わった。仏僧の両の瞳は半眼となって、一切の表情が消えた。

身体の奥底に殺気を感ずるが、老獪に隠し込んでいる。

仏僧が両の手を上げた。樫棒を大きく斜めに傾け、額あたりで左手と交差させる構えに移った。

右手から二尺ほど繰り出された樫棒との間合いは、動きが読めないだけに、きわめて摑《つか》みにくい。

（気を揺らめかすしかない）

景之はまず打ち込んで、相手の棒筋を読み取ろうと決めた。

刀を最上段に構え、仏僧の頭上から打ち込む。

本気で斬《き》るつもりではなく、足運びにはゆとりを残した。

「たあっ」

次の刹那。

仏僧の樫棒の先端が、景之の両手と刀の柄の間を狙って繰り出された。

両手の間に先端を突き込まれたら、捻《ひね》られて押さえ崩される。

景之は右足で地を蹴り、身体一つ分後ずさりした。

（本気で打ち込んでいたら、押さえられていたな）

景之の額に汗が流れた。

（意表を突く場所を、意表を突く狙い方で攻めるのが棒術だ）

仏僧は腹の前で右手で軽く握った樫棒をゆるく斜めに構えた。まるで緊張感のない門番のような姿である。

（はて、どこを狙うつもりか）

景之は半眼の瞳がわずかに下方へ動くのを見た。

仏僧はいきなり膝を折った。

踏み出した景之の右足の甲を狙って、樫棒をおそろしい速さで打ち込む。

ぶんと風がうなった。

「兵法見たりっ」

景之は飛び上がりざま、右のつま先で仏僧のあごを蹴った。

「ぐおっ」

仏僧は樫棒を握ったまま、背後に倒れた。

地に伏す音とともに土煙が上がった。

景之は刀の鐺《こじり》で仏僧の胸を強く突いた。

仏僧はうめき声を一つあげるとそのまま動かなくなった。

（なかなか老獪な棒術であった）

景之は肩で大きく息をついた。

本堂の炎は、板壁のほとんどを焼いたものの、屋根や柱を残して収まりつつあった。

「芥川さま、もうそのくらいにしてあげて下さい。雄四郎さんだって必死だったんだと思います」

渚は不満げに光之進を諫《いさ》めた。

「いや、殺めたこと自体を言っているのではない。やむを得ぬ場合もある。儀左衛門は、右手を斬り落としたら、自分で首を掻《か》き切った。捕らえられることを恐れた忍びらしい最期だが、俺は防ぐべきだった。したが、防ぐ暇《いとま》はなかった……」

＊

光之進の足元には儀左衛門の亡骸《なきがら》が転がっていた。

小頭と五人の異風は、榧の木の根元にぐるぐる巻きに縛りつけられていた。誰もが手裏剣で傷を負い、抵抗する力を失っていた。

同じく捕らえられた仏僧の顔を見て、雄四郎は大きくのけぞった。

「ああっ、この坊主は、尚慧ではないかっ」

雄四郎の頭の中は混乱していた。なぜ、怪しい金貸しを装った雑賀衆とともに、池村の鉱山へ哀れな人々を騙して連れて行っていた尚慧が一つところにいるのか。

「だって、同じ穴の狢《むじな》でしょ」

渚はさも当然という声を出した。

「そうか、そうだったんですよね……」

渚の言葉で、ようやく雄四郎は気づいた。

池村の鉱山を仕切っていた主膳が水戸徳川家の割物奉行である以上、雑賀衆が化けた金貸し喜多屋とは、渚の言うとおり同じ穴の狢に違いない。

「やはり、こ奴が尚慧だったか。なかなかに棒術に巧みであったな」

尚慧は無表情に押し黙っていた。

景之の背後には大弓を手にし、肩から箙《えびら》を下げた弥三郎が立っていた。

「弥三郎、そこもとの弓がなければかなわぬ軍配だった。あらためて礼を言うぞ」

光之進のねぎらいに、弥三郎はいつも通り、少しも気張らずやわらかい笑みを浮かべる。

「手前の弓がお役に立ちましたか」

「あの『燎原火矢《りょうげんひや》』は矢尻の後ろに油と玉薬を混ぜたものを入れた火薬嚢《かやくのう》が付けられている。突き刺さると直ちに燃え上がるのだ。ふつうの火矢よりもずっと矢頃（射程）が短いものを、一丁の遠くから、よく過たずに板戸に当てたな」

「恐れ入ります。年のせいか夜目が弱くなりまして、いささか苦しくはありましたが……」

弥三郎は静かに笑った。

「ところで敵の異風たちは何を狙って撃ったのですか」

雄四郎は不思議でならなかった。

「俺の羽織で包んで細引きで縛った草の塊よ。これを弥三郎に横方向から三度投げさせた。異風たちは忍びが次の矢を射るために動いていると思ったのであろうな」

景之が笑って答えた。

「草の塊が飛んでいたあたりは暗く一丁も離れている。さらに、異風たちのすぐ背後で本堂が燃えているから余計に目が利かぬ。そんなところで羽織に包んだ草の塊が飛べば人が動いているように見える。殿がお召しのお羽織は樺茶色《かばちゃいろ》だったので、暗すぎず明るすぎぬちょうどよい色ということでお借りしたのよ。殿……お羽織を駄目に致しまして申し訳ございませぬ」

光之進は景之に向かって頭を下げた。

「皆の生命を守ったとあれば安いものよ。ところであれは何という術なのだ、光之進」

「はぁ、ほかの流派では知りませぬが、これを山岡流では『空蟬《うつせみ》の術』の中の『草人《くさひと》形《かた》の術』と称しております」

「わたしは学んでおりませぬ」

雄四郎は自分が知らぬ術が使われたことが悔しくてならなかった。

「そのうち教えてやる。ところで弥三郎、怪我はないか」

「へぇへぇ、鉛玉は飛んできましたが、みんな逸れましたな」

ふつうの火縄銃の殺傷能力を持つ矢頃は三百尺（約九十メートル）程度である。この矢頃だと狙いも狂いがちとなる。

「つまり、弥三郎には矢頃の外のギリギリで控えて貰ったというわけだ」

淡々と軍配を語る光之進は、雄四郎にとっては憧れでもあり、脅威でもあった。

（自分はいつになったら、芥川さんのような采配《さいはい》を振れるのだろう）

「さて、光之進よ。捕らえた小頭と五人の異風は、水戸家下屋敷に引き取らせねばならぬな」

「うっ……」

景之の言葉を耳にした尚慧は低くうなった。

両眼を大きく見開き肩を震わせている。額には時ならぬ脂汗がにじんでいた。

尚慧は、すぐに取り澄ました顔を作ったが、雄四郎は見逃さなかった。

「まぁ、この椪の木に縛り付けておけば、朝になったら、誰かが見つけるであろう」

景之はのんきな口ぶりで続けた。

雄四郎は、景之が異風たちを最初から放置するつもりでいたことに気づいた。

水戸家の臣だとわかったら、異風たちの身柄は最終的には水戸家に引き渡すのが定めであった。尚慧をとりこにしたからには、もはや小者たちには用はなかった。

＊

四半刻ほどの後、景之たちは尚慧を引き連れて、弥三郎の漕ぐ屋根船に乗り込んでいた。

光之進と五平は猪牙船で後を追っている。

「尚慧坊、詳しい話をお聞かせ願おうか」

景之は静かな声音で呼びかけた。

「話すことなどない」

尚慧は瞑目《めいもく》したまま無表情に端座している。

「ほう、では、水戸徳川家が、伊東池村で金山を営み、非道な行いを繰り返していたとの話を、夜が明けたら御側御用人の大岡出雲守さままで申し出るとしよう」

尚慧は両眼を大きく開いた。

「拙僧は、み、水戸家などとは関わりはない」

「ほう、では、出雲守さまを通じて、上さまにお伝えしてもよかろうか。池村金山を差配していた者は、水戸家割物奉行の榎木主膳という男でしたが、水戸家とは何の関わりもないそうです、とな」

「ま、待て……火盗はどこまで摑んでいるのだ」

尚慧の声が大きく震えた。

「尚慧坊が騙して連れ去り、金山に閉じ込めて働かせていた二百人を、水戸家割物奉行の榎木主膳らがむごくも焼き殺そうとしたということまでだ」

「二百人を殺せというのは……水戸家の采配ではないぞ」

悲痛な叫びにも似た声が響いた。

「な……んだ……と」

景之の言葉は驚きに途切れた。御三家の水戸家を動かせる力など、公儀以外にこの天下の何処《どこ》に存在するというのか。

「では、誰の采配だと申すのだ」

「聞かぬほうがよいと思うが……」

尚慧はあいまいな表情を浮かべて言葉を呑んだ。

「もったいをつけるな。少しでも水戸徳川家の罪を軽くしようと、おぬしはそんな話をしているのであろう」

「いかさまさよう。池村の件は水戸家だけが責めを負うべきものにあらず。我らも巻き込まれ脅されたのだ」

「天下広しといえども、御三家の水戸家を脅せる者がいるとは考えられぬな」

「考えてみよ」

真の黒幕の名を、尚慧は自らの口からは出したくないようだった。

「ま、まさか……」

あまりにも意外な人物が、景之の心の中に浮かび上がった。

「直参のおぬしならわかるであろう」

「いや、信じられぬ」

自分の心に描いた人物の名を、景之もまた、たやすく口にはできなかった。

「我々を直《じか》に脅していたのは、もともと直参の青山蔵人《あおやまくらんど》という男よ。安藤《あんどう》家の血筋だ」

尚慧は吐き捨てるような口調で、その名を口にした。

（青山と申す男か……）

景之の胸に、先日、大岡忠光邸の廊下ですれ違った無字《むじ》銭紋《ぜにもん》の肩衣《かたぎぬ》を着た男の姿が蘇《よみがえ》った。

「安藤家というあるいは、美濃加納《みのかのう》騒動の」

「そうだ。当主の安藤大和守《やまとのかみ》（信尹《のぶただ》）が一昨年隠居させられ、嫡子の対馬守《つしまのかみ》（信成《のぶなり》）が美濃加納から磐城平藩《いわきたいらはん》に国替えになったその安藤家よ」

「安藤大和守どのは贅沢《ぜいたく》を好み財政が悪化したため、領民による強訴《ごうそ》がおきたのであったな」

「蔵人は安藤大和守の弟だ。青山家の養子に入り、直参として五百石を食《は》んでいた。早くに布衣に叙せられ将来を約束されていたかに見えたが、兄の不始末のせいで出世栄達の道が閉ざされてしまった。そこで、自ら望んで役高四百石、役料二百俵の田安《たやす》家用人となったのよ」

「それで此度のようなたくらみを……」

景之は言葉を失った。

「断言するが、此度の一件、水戸宰相さまは一切ご存じない。このことだけは、拙僧が生命に懸けて誓う。どうか山岡どのも肝に銘じて欲しい」

景之は尚慧の目を見た。真実を枉《ま》げているようには思えなかった。

光之進の調べでは、水戸家家老太田下野守の次男である資利の家士という男も、徳川宗翰は奥へ入り浸っているだけの男だと言っていた。

「ところで、尚慧坊。あらためて問うが、そこもとは水戸家の臣なのだな」

「いや、違う。勘違いして貰っては困る」

尚慧は激しい声で抗った。

「いまはまことに真言坊主よ。水戸家の臣ではないぞ」

「調べればわかる話だ。では、かつては水戸家の禄《ろく》を食んでいたのか」

「元々は三百石で御持筒頭《おもちづつがしら》をつとめていた」

つまり、公儀に於《お》ける景之の御先手鉄砲組頭と同じ職掌である。水戸家の鉄砲支配の一人とあれば、雑賀衆の束ねであることは間違いない。

「そうか、そこもとも雑賀衆鈴木氏の一人か」

「さよう。武士であったときには鈴木縫之助《ぬいのすけ》と申した。したが、此度の一件に先んじて致仕し浪々の身となった。いざという時、主家に累を及ぼさぬためだ。ちなみに此度の一件に関わっている水戸家の者たちを捕らえても無駄ぞ」

「なるほど、すでにおぬしらに口封じされたが、榎木主膳たちや、いま龍泉院に縛られている異風たちも、皆、すでに水戸家の禄を離れているのだな」

「その通りだ。すべて浪人者ということになる」

この鈴木縫之助よりも上の者が命じたのだろう。

「では、あの龍泉院の連中を、水戸家下屋敷はどうするつもりだ」

「口封じのために、夜が明けぬ前に秘かに始末するだろうな」

「やはり、そうか……」

景之の心を暗澹《あんたん》たるものがふさいだ。だが、連れ帰ったところでいつかは水戸家に引き渡さなければならず、そうすれば殺される。遅いか早いかの問題だろう。

「ところで、池村であんな大胆な金山《かなやま》掘りをしていたということは、小田原大久保家にも同心する者がいるのだな」

「ああ、郡奉行配下のつまらない男よ。ただ、我らの金山掘りを黙って見逃していただけだ。大久保侯はあずかり知らぬ話だがな」

「掘り出した金を精錬して金塊となした後はどうやってさばいたのだ」

「長崎奉行の下役を通じて清国《しん》に売っておった」

「やはりそうだったか」

「考えられているより、長崎の裏商いははるかに盛んだ」

たしかに、長崎警固の任に就いていた北九州の諸家中はおろか、代々の長崎奉行自身も密貿易を行っているとの噂が絶えない。

「得た金を譜代大名に低利で貸し出した理由を申せ」

景之はもっとも肝心の問いに移った。

「山岡どの、聡《さと》いおぬしなら、すでに答えはわかっておろう」

尚慧はじっと景之の目を見た。

「む、謀反《むほん》のおりに力を貸せと言うことか」

尚慧は無言でうなずいた。

からくりはすべて読めてきた。

誰であれ、何が目当てであれ、二百人の無辜の民を焼き殺そうとした輩《やから》を許すわけにはいかなかった。

(必ずや、自らの身でその罪を贖《あがな》わせる)

景之の心は怒りに熱くたぎっていた。

船端に当たる艪の作る波音が高くなった。

(漕ぎ手が変わったな)

御簾を上げると、雄四郎が一心に艪を使っていた。

四

翌日の昼八つ（午後二時頃）、景之は熨斗目麻裃を身につけ、正規の供揃えで番町の屋敷を出た。

行列の向かう先は千代田のお城だった。

用向きは大岡忠光には無断である。話をすれば、どうせ止められるに決まっているからである。ただ、喜多屋の件で家臣より聴聞したいことがあるので、田安家を訪れたいと申し出て忠光の許しは得ていた。

登城後、景之は真っ直ぐに城中北の丸に位置する田安門内にある田安邸へと赴いた。

当主の徳川宗武《むねたけ》は、先代吉宗の次男で当代家重の次弟である。

田安家は、吉宗の強い意向により、将軍本家の血が途絶えた際に、後継者を出すために作られた特殊な家であった。

禄高は十万石だが、領地と固有の家臣を持たず、仕える家臣はすべて幕臣が出向するかたちを取っていた。屋敷は江戸城内に一箇所だけで下屋敷は持たない。本姓は徳川であって、将軍の親族という扱いだった。

後に、吉宗の四男である宗尹《むねただ》を家祖とする一橋家、家重の次男重好《しげよし》を家祖とする清水家を併せて「御三卿《ごさんきよう》」と呼んだ。重好が清水門内に屋敷を賜り、清水徳川家と称されるのはこの翌年のことである。

田安家は十万石の扱いなので、屋敷の表門は唐破風《からはふ》も持たず、意外なほどに小さなものである。

「御先手鉄砲二番組頭、山岡五郎作と申します。役向きにてまかり越しました。ご当家用人青山蔵人どのまでお取り次ぎ頂きたい」

門番はあわてて奥へ入っていった。

しばらく待つと、四十前後の羽織姿の男が供を連れて出てきた。

「当家用人、青山蔵人でございます」

青山は歯切れのよい口調で名乗った。四角い彫りの深い顔は、忠光の屋敷の廊下ですれ違ったあの男であった。

羽織の胸には無字銭紋が染め抜かれている。

「御先手鉄砲組頭の山岡五郎作でござる」

景之は気づかぬふりをして丁重に頭を下げた。

「おや……過日は失礼を致しました」

蔵人は景之の顔を見るなり気づいた。

「たしか大岡出雲守さまのお屋敷でお目にかかりましたな」

「その節は……」

景之はさりげなく言葉を返した。

「山岡さまには、お役向きでお見えとのことでございますか」

怪訝な表情とともに、激しい警戒の色が蔵人の顔に浮かんだ。御先手鉄砲組から田安家への用向きというのは、景之自身も思いつかない。

「さよう。青山どのに折り入ってお伺いしたい儀がありまして、まかり越しました次第」

「では、ともかくこちらへ」

蔵人の案内で景之は渡り廊下を通って、邸内の一室に案内された。

直参であるから、景之は床の間を背にした上座に座った。

若い家士が煎茶《せんちゃ》を運んできた。

「さっそくですが、ご用の向きをお伺い致しとう存ずる」

蔵人はいささかせわしない口調で切り出した。

「されば、これをご披見願いたく」

景之は一通の書状を蔵人に手渡した。

「拝見つかまつります」

書状に目を落とした蔵人の顔色が変わった。

白目がぴくぴくと痙攣《けいれん》し、書状をもつ手が震え始めた。

「馬鹿な……こんな馬鹿なことを綴《つづ》るとは……」

蔵人はうわごとのようにつぶやいた。

景之が突きつけた書状は、いまは番町の仮牢《かりろう》に入っている尚慧の表勘文《ひょうかんもん》（上申書）だった。尚慧は水戸家を守るために、景之の請いに応じてこの書状を自ら進んで書いた。

表勘文には、池村の金山における一件と喜多屋の一件の概略を綴り、すべては青山蔵人が田安徳川家の威光をちらつかせ、水戸家を脅したことによるものだと自白していた。

「少しも馬鹿なことではござらぬ。申し遅れたが、この五郎作は先の霜月より盗賊考察を仰せつかっており申す」

「火盗改役の山岡五郎作……」

蔵人の顔から表情が消えた。

「さよう。数百人という人の拐《かどわ》かしを追っていたところ、尚慧こと元水戸徳川家持筒頭の鈴木縫之助と、そこもとに辿り着いた次第。裏付けは多々ある。もはや言い逃れはできぬとお心得よ」

景之が言い放つ声がふすまに響いた。

しばし、蔵人は黙して動かなかった。

「此度の件だけではない。おぬしは、霜月にはアコヤを使い、多くの罪なき茶屋娘を卒塔婆《そとば》に架けて殺すが如《ごと》き悪行もなしたであろう」

景之は蔵人に向かって指を突き出し、語気激しくその罪を指弾した。

「何を仰せになる。拙者は田安家家臣、以前は直参でござる」

「それがどうした」

「さような人外《にんがい》の輩を知るよしもござらぬ」

「はははは、語るに落ちたな」

「なんだと……」

蔵人は呆然とした表情を浮かべた。

「身どもはアコヤについて何とも申しておらぬ。おぬしは、なにゆえ、アコヤ衆が人だとわかったのだ」

霜月に景之が火盗改方の頭に就任後、最初の難事件だった。アコヤ衆はこの事件で茶屋娘たちを襲った。カマを掛けるつもりはなかったが、蔵人は口を滑らしたのである。

「くそっ」

蔵人は書状を畳に力まかせに叩きつけた。

「我がお上が、大樹《たいじゅ》さまの位にお就きあそばされるべきなのだっ」

大声で叫ぶ蔵人の目から、炎が噴き出すのではないかと思われた。

「そもそも、有徳院《ゆうとくいん》（吉宗）さまは、初めは、お上に将軍位をお譲りあそばされるおつもりだったのだ。それを何者かの入れ知恵で小便公方《くぼう》などを九代とするとは、天道が許さぬ。そこもとも存じていよう。お上はこころお優しく、幼き頃より詩学の才にも恵まれている。天下にお上ほど、君主にふさわしい英邁《えいまい》な方がおいでになろうか」

蔵人は熱に浮かされたようにまくし立てた。

生来、身体が不自由な家重に比べ、宗武は幼年時代より英明を以《もっ》て知られていた。

宗武は幼少期より荷田在満《かだのありまろ》に国学を学び、のち賀茂真淵《かものまぶち》に師事して国学や万葉、歌学を学んだ。当代一流の学者の薫陶《くんとう》を受けた宗武は学者として成長し、歌人としてもすぐれた歌を詠んでいた。

　家重が世嗣《せいし》であった頃、宗武はその欠点を列挙して吉宗に突きつけた。家重が将軍位に就いた二年後の延享《えんきょう》四年（一七四七）、大御所となった吉宗は宗武に対して、このときの直諫《ちょっかん》を理由に、三年間の登城停止《ちょうじ》を言い渡す。宗武を推した老中の松平侍従乗邑《のりさと》も突然に罷免された。

　家重もまた、聡明な弟を嫌った。登城を許した後も、生涯、対面しなかった。

「田安卿が英明であることに少しの疑いもない。したが、無辜の民を苦しめた罪は消えぬ」

「小便公方が治める天下など壊れてしまえばよいのだっ」

　蔵人はそっぽを向いて吐き捨てた。

「おぬしは、田安卿が将軍位に就いた暁には多大の便宜を図るとそそのかし、多くの大名家の家臣たちに、許しがたい罪の数々を犯させたであろう。いまさら隠したとしても、罪から逃れられると思うてもらっては困るな」

　景之は一語一語はっきりと、蔵人の罪を指摘した。

「罪……拙者に何の罪があると申すのだ」

　蔵人の平然としたようすに、景之の怒りに火がついた。

「では、あえて申そう。そこもとの奸計《かんけい》をすべて崩して参ったのは、身どもでござる」

「やはり、おのれが……おのれがすべてを邪魔しおったのだな」

両眼を怒らせ、蔵人は歯ぎしりした。

「知らなかったのか」

「火盗の邪魔立てだとは聞いていたが、まさかその当人が直にこの屋敷に乗り込んでくるとは思いもしなかった。おぬしにどれほどの損が立つと思うておるのだ。おぬしはどこまでも愚直な男よの」

「これはお言葉痛み入る」

「うぬのような愚直な男はともあれ、武士などというものは、皆、己の欲得によって動くものぞ」

蔵人はあざ笑いしながらうそぶいた。

「馬鹿を申すな。この天下に、まことの武士は少なくないぞ」

「いや、うぬが知らぬだけだ。武士などというものは力に弱く利に聡いものよ」

蔵人は愉快そうに叫んだ。

「天下万民の幸せを祈るのが、我ら武士のつとめではないか」

「おお、うぬの申す通りよ。天下万民のために愚昧《ぐまい》極まる小便公方を廃し、我がお上に世にお立ち頂きたいと願っているのではないか」

「それで、寺社を爆破し、伊達家の臣や、縁もゆかりもない町人たちを殺し傷つけたのか」

「ははは、仙台伊達家は外様ではいちばんと言ってよいほど将軍家と親しく、いざという時に刃《やいば》を向けられると怖いでな。さらに、愚民どもが何より楽しみとしている寺社詣もロクにできぬとあれば、小便公方の政道に対する不満も募ろう」

「そのために、罪なき娘たちを殺し続け、なきがらをむごくも卒塔婆に架けてさらしたと申すか」

自分の声がどんどん大きくなるのを景之は感じていた。

「下民の生命など、考慮するに値せぬ。大義大計の前にそんなものは蚊虻《ぶんぼう》の如きものよ」

「ふざけるなっ」

景之はめまいがするほど腹が立って怒鳴り声を上げた。

「何を申す。まじめもまじめ、大まじめよ。我らが尊き大計の前には取るに足らぬ些《さ》細《さい》な話だ」

「大計だと」

「おお、そうだ。そのために金山まで造らせたのよ……いくら薄利で貸したところで、期限内に返せる大名家などわずかだ。いずれ焦げ付くのは目に見えておる」

「はじめからそれを見越して貸付をしていたのか」

「決まっているではないか。返せなくなれば、彼奴《きやつ》らはみな金縛りだ」

「何という奸智《かんち》だ……」

景之は喉《のど》の奥でうなった。

「金の力で縛って、幕閣をはじめ譜代の大勢《たいせい》を田安派とする。幕閣の威迫で大岡出雲守（忠光）から、小便公方の言葉として、次代には我がお上をお据え申すと、広く天下に向けて触れさせるのよ」

伊東池村の金山は、幕閣らを操る金の力を生み出すために設けたものだったのだ。

「それで出雲守さまに近づこうとしておったのだな」

「あ奴はなかなかと手強い男だ。時を掛けて罠に嵌《は》めようと考えておったのよ」

「したが、大納言さま（徳川家治《いえはる》）が、おわすではないか」

「そうだとも、小便公方が死んでも、世嗣は大納言と定まっておる。これを覆さなければ、我がお上は将軍位にはお昇り頂けぬ」

家重の嫡子家治は幼い頃から英明で、祖父の吉宗の期待を一身に集めていた。この三年後に十代将軍となる。

「されば、大納言には近いうちに病に倒れて貰うつもりだったのよ」

蔵人は鼻先で笑った。

雑賀衆を使って毒でも盛るつもりだったか。

「おぬしのような小吏が、田安さまの虎《とら》の威を借りて、慮外な野望を抱くとは笑止千万ぞ」

蔵人の顔にまがまがしい凶相が走った。

「小吏だとっ。ふんっ、出頭人《しゅっとうにん》の田沼主殿頭（意次）は六百石、出雲守などは三百石から小便公方に取り入っただけで、公儀の枢要といういまの地位を得たのではないか。しかも、主殿などは足軽の子という卑賤《ひせん》の身だ。なにが七面大明神の申し子だ」

蔵人は満腔《まんこう》から嫉《ねた》み妬《そね》みの毒を吐き散らかした。

「この俺は、御神君さまを幾多の戦場でお支えした名誉の安藤家に、大名の子として生まれたのだぞ。しかも本来は愚かな兄の信尹に代わって美濃加納の城主となるべき身だったのだ。この蔵人が老中となって何がおかしい」

蔵人は不遇な自分の身の上に、よく似た境遇の宗武を重ね合わせていたわけである。

「おぬしの野望のために、今度は、二百人の罪なき町人たちを焼き殺そうとさえしたと申すのか」

抑えようがないほどに、景之の声は大きく震えていた。

「貧乏に苦しんでいる水戸家に、仙台伊達家から三十万石ほど召し上げて、領地をくれてやると言ったら、家臣どもが諸手を挙げて寄ってきたわ。彼奴らは尾張家や紀伊家と並びたいとの悲願を持っているでな」

尾張徳川家は六十二万石、紀伊徳川家は五十五万五千石、これに対して水戸徳川家は三十五万石にすぎなかった。おまけにほかの二家の当主が大納言まで昇進するのに対して、当主が中納言までしか昇進しない。

御三家の中で常に他の二家に劣後する取り扱いを受け続けた鬱憤《うっぷん》は、幕藩時代を通じて徳川宗家に対する敵対的な家風を養った。幕閣からは秘かに「謀反のお家柄」とさえ噂されていた。水戸学が維新のおりの倒幕への思想的推進力となった根は深い。

「はははは、ははははっ」

青山蔵人はさも愉快そうに天井を仰いで笑い始めた。

「ははは、お上が将軍位に就けば、この蔵人はご老中さまぞ。ははははっ」

もはや乱心しているとしか思われなかった。

だが、それは景之の目違いだった。

「俺の、俺の夢をぶち壊しおって。山岡めっ、許さぬっ」

蔵人は眉間《みけん》に深いしわを刻み、歯を食いしばって鬼のような形相に変わった。いきなり、小刀を抜いて躍りかかってきた。

剣の腕はまったくなっていない。景之にとって避《よ》けるのは容易だった。

「刀を納められよ」

「うるさいっ」

蔵人は身体を前に傾けて突きかかってくる。この一撃は避けようがなかった。

「ご免っ」

小刀を抜刀した景之は、姿勢を低く構え、蔵人の腹を突いた。

血しぶきが散った。

「うおおおっ」

蔵人は刀を放り出し、腹を押さえながら前にうずくまり、そのまま動かなくなった。

(煙草《たばこ》の不始末から八百八町を焼き尽くす火事になることもある)

田安徳川家の権威を背景に、小者の青山蔵人が放ち続けていた炎が、公儀に不満を持つ水戸家を初めとする大名家に広がり、大火事となる恐れは小さいものではなかった。

火事が広がる前に田安家に辿り着けた幸運を景之は思った。

背後でふすまを開ける音が聞こえた。

振り返ると小姓を連れた四十前後の痩身《そうしん》の男が立っていた。

きらびやかな絹の羽織姿は、どう見ても当主の徳川宗武に相違なかった。

「これは田安宰相さま」

景之は平伏した。

「不忠者めが」

宗武は一言吐き捨てた。

「誰ぞ、不忠者を取り片付けよ」

背後に控えていた近習たちが、蔵人の身体を運び出す気配が感じられた。まだ死んではいないが、放置すれば長くはもつまい。

「山岡五郎作と申したか。面を上げよ」

「はっ」

景之は頭を上げた。

細面で鼻梁《びりょう》が秀でた整った宗武の面立ちはどこか家重にも似ているが表情は引き締まっていた。評判に違わぬ怜悧《れいり》な人物には違いない。自尊心が強そうな一方、とてもひ弱なものを隠しているようにも見えた。

「家来の不調法は予から詫《わ》びる。下がってよいぞ」

それだけ言うと、宗武は踵《きびす》を返した。

「お待ち下さいっ」

景之は激しい口調で引き留めた。

宗武は袖を翻して振り返った。

「田安宰相さまのお心を、青山蔵人どのは慮《おもんぱか》ったのではございませぬか」

宗武は大きく顔をしかめた。

「愚かな。もはや予には将軍位へのこだわりなど少しもない」

「まことさようでございますな」

景之はしつこく念を押した。

「かつてはともあれ、いまは詩歌学問の道に心を傾け、この屋敷で静かな日々を送っている。いまさら混沌《こんとん》とした世の中へ出たいとは思わぬ」

宗武はどこか投げやりな口調で答えた。

「宰相さまのやさしきお心根を伺い、五郎作、安堵つかまつりました」

自分の口から出した言葉が、皮肉なのか本音なのか、景之自身にもわからなかった。

「重ねて詫びる。不忠者の家臣のぶしつけを許せよ」

「ははっ、ご無礼の段、お詫び申し上げます」

宗武はかすかにうなずいた。

一連の凶事に、宗武が直接に関わっていたとは思えなかった。しかし、事実を知っていて、黙認していたものと考えて間違いない。しかし、火盗改役に過ぎぬ景之としては、このあたりで矛を収めるよりほかになかった。

「上さまは、多くの臣が誠心誠意、補弼《ほひつ》つかまつっております。田安宰相さまには、お心安らかに詩学の道をお修め下さいませ」

これくらいの言葉は突きつけて、今後の宗武の動きを抑えつけるべきだった。

「そのほうに言われるまでもない」

宗武は唇をゆがめ、不快そのものといった口調で答えた。

「この五郎作、上さまから火盗改役を拝命のおり、次のお言葉を賜っております。『水も漏らさぬよう世の安寧を守り、民心を安んじるがために務めよ』と。このお言葉を胸に、向後も粉骨砕身盗賊考察のつとめに邁進《まいしん》する所存にございます」

宗武の表情に変化が現れた。両眼《りょうめ》が見開かれ口元が引きつった。大きな衝撃を受けたようだった。

「さ、下がってよい」

宗武は顔を横に向けて、手にした扇子で開かれているふすまを指し示した。

「失礼つかまつる」

宗武の横顔に頭を下げて、景之はふすまから次の間へ出た。

「予とは異なり、兄上はよい家来をお持ちじゃ」

宗武のつぶやきが背中で聞こえた。

徳川宗武は、この後も世に出ることはなく、歌人、国学と有職故実《ゆうそくこじつ》の学者として大成した。『国歌八論余言《こっかはちろんよげん》』『歌体約言《かたいやくげん》』といった歌論や、有職故実書の『玉函叢説《ぎょくかんそうせつ》』など多くの著作を残す。ちなみに寛政の改革を担った松平定信《さだのぶ》は宗武の七男である。

宗武が賀茂真淵を重用したことにより国学思想は急速な隆盛を見せてゆく。

徳川幕府を思想的に支えた儒学に対抗する国学が、やがて倒幕へつながる尊皇思想へと発展してゆくのである。

長い渡り廊下を歩きながら、今日の田安家訪問の顚末を、景之は自分一人の胸にしまっておこうと考えていた。

大岡忠光に伝えれば家重の耳に達する。もともと宗武を嫌っている家重は、必ず厳罰を与えようとするだろう。

宗武が荷担していた事実が摑めなかった限り、冤罪《えんざい》の恐れがある。たとえ将軍の弟でも、町の職人でも、罪なき罪に苦しむ人を生み出すことは景之には堪えられなかった。

喜多屋の顧客のうち、長崎奉行から勘定奉行に進んだ大橋近江守などが関与している疑いも考えられた。だが、景之は、いまの段階では旗本の監察役である目付には告げず、ようすを見続けるべきだと考えていた。

景之は北の丸を出て、下城のために中之口を目指して歩き始めた。どこかから鶯《うぐいす》の鳴き声がのどかに響いてきた。

五

橙色《だいだいいろ》に染まる凪《なぎ》の品川湊を、雄四郎は波止近くの石垣に立って眺めていた。

白帆を上げた弁才船が、赤光を浴びて次々に入港してきた。

左近に託してあったくる介が運んだ書状で今夕の帰港を知った景之は、影火盗組と数人の小者を引き連れて品川湊まで出張ってきた。

船はあえて品川宿のはずれの波止に着けるように左近は指示を受けていた。

最初に着いた船と波止の間に歩み板が渡されると、羽織袴姿の大柄の身体が夕陽を浴びてゆったりとした歩みで下りて来た。

「お頭、風待ちのために遅くなり申した」

左近の野太い声が響いた。

「よく戻った」

景之は満面の笑みで出迎えた。

「お預かりした罪人どもはまだ船に乗せてあります」

「とりあえず小伝馬町の牢に入れるほかあるまい」

足軽・小者たちの処分は難しい問題だった。忠光にも諮《はか》らねばなるまいが、尚慧も含めて、その身柄を水戸家に引き渡すには、慎重に機を覗《うかが》う必要があった。下手をすると、全員が口封じのために殺されかねない。

左近の家士の後から、囚われていた人々が次々に歩み板を渡って来た。

明るい顔をしている娘もいれば、沈み込んでいる男もいる。

(江戸に戻ってもつらい定めしか待っていない者も少なくないのだ)

雄四郎は複雑な気持ちで、船から陸に上がる人々を迎えた。

「主人山岡五郎作から、皆さまの当座の暮らしをお助けするお金です。一人一両ずつ差し上げます」

渚の通りのよい声が響いた。

台代わりに並べた酒樽《さかだる》には、用人の藤左衛門が苦労して作った二百両を、二朱判《にしゆばん》八つずつに分けて紙に包んだ金包みが何段にも積み上げてあった。

人々は喜びの声を上げて集まってきた。

「並んで、並んで。みんなに渡るように用意してありますよ」

雄四郎は懸命に声を嗄《か》らした。

「横入りする奴は一両をふいにするんだよ。きちんと並ばなくっちゃいけねぇ」

五平も整列係である。

酒樽の前にはあっという間に長い列ができた。

雄四郎たちは金包みを手早く配り始めた。

「具合の悪い者はおらぬか。わたしが診て進ぜよう。なぁに薬代は頂かぬ」

傍らでは村岡禄庵が叫んでいる声が響く。

病者や怪我人を診て貰うということで、禄庵は山岡家の食客扱いとすると景之が決めた。女敵討《めがたきうち》すると騒いでいた御家人から敵討ちの正式な届け出は出ていないようで、そのうちあきらめると景之は踏んでいた。

「ところで左近、幾分、痩《や》せたようではないか」

「いい骨休めになりましたよ。風待ちが続くんで、その間、ちょいちょい伊東の湯に入りに行ってましたから」

「こ奴、あっちで怠《なま》けておったのか」

「これはお頭のお言葉とも思えませぬ。金山で傷ついた者たちを湯治に連れて行っていたのでござるよ。つとめに忠実とお褒めのお言葉を頂きたいですな」

左近はあごを突き出して背をそらした。

「そ、それは大儀であった」

いつもの左近のすっ惚《とぼ》けぶりに笑いをこらえて聞いていた雄四郎の耳に、あの歌声が響いてきた。

〽狐《きつね》笑った
ゆすらご咲いた
嫁ご歩った
こんめ落った

雄四郎はあわてて声の主を探した。
海に続く石垣に立つ女一人が、ぼんやりと歌っている。
登勢だった。
登勢は身体を目の前の海に向かって傾けた。
「あ、いけない」
そのまま登勢は海へと飛び込んだ。
雄四郎は懸命に走り、登勢の後を追って海へ飛び込んだ。
登勢の身体は静かに水底《みなそこ》へと沈んで行く。
品川の海は浅い。このあたりは三尋《ひろ》(五・五メートル弱)程度しかないだろう。
(たもとに石を入れている)
登勢の色白で卵形の顔が、青い光の中で、瞑目したまま仰向けに沈んでいる。
(とにかく引き揚げねば)
雄四郎は必死の思いで海底へと潜って行った。
両袖から石を取り出すと、登勢は急に両手足をばたつかせ始めた。
首の後ろに手を回し、雄四郎は登勢の抵抗を抑え込んだ。
雄四郎の腕の中で登勢は意外にも強い力でもがき続けている。が、やがて気を失ったようで、全身からくたっと力が抜けた。

雄四郎は、懸命の力で左手で抜き手を切り、両脚で海水を蹴って、華奢《きやしや》な身体を引き揚げた。

海面から顔が出て、息が楽になった。

「黒川さん、待っておくんなさいよ。あっしも加勢だっ」

五平が飛び込んできて、二人で登勢を陸に揚げる。

まわりにはたくさんの人垣ができた。

登勢は両手で腹を抱えて海老《えび》のように全身を丸めていた。みぞおちの下辺りを軽く押し、口角を引き下げると、登勢は水を砂地に吐いた。

（やっぱり、水を呑んでいたか）

ぐったりとしたまま、登勢は身体をぴくりともさせない。

「禄庵先生っ。こちらへ来て下さぁい」

渚の叫び声が響いた。

すぐに禄庵が薬籠《やくろう》を片手に駆けつけた。

「どれどれ。水は吐かせたかな……いや、大丈夫。顔色を見るに生命は保てた。背中をさすってやりなさい」

雄四郎は登勢を抱え上げて背中をさすり始めた。

五平が手早く焚き火を起こし、登勢の濡れた身体を温め始めた。

しばらくして、登勢はぼんやりと瞳を開けた。

「気づきましたか」

雄四郎の心に灯が点った。

「あたし……死ななかったんですね」

放心したように、登勢は口を開いた。

「ゆすらごって何のことですか、こんめもわからない」

「え……」

登勢の顔に戸惑いの色がありありと浮かんだ。

「さっきあなたが歌っていた歌の話です」

「あ……ゆすらごは山桜桃《ゆすらうめ》のことで、こんめはその実です」

「あれはいったいどこの歌なんです」

「伊勢崎《いせさき》の外れ、利根川べりに伝わっている子守歌です……」

雄四郎にとって、登勢の歌声は、物心つく前の心の奥底から響く子守歌だったようだ。

「やっぱり上州の歌だったのですね」

登勢は小首を傾げた。

「わたしは利根川沿いの村に生まれたのです。物心つく前に父母を亡くし、叔父に貰われましたが、あれは幼い頃に聴いた歌だったんだ。登勢どのも上州の生まれなのですね」

「伊勢崎の在の生まれです……でも、江戸へなんて出て来なきゃよかった。なんで死なせてくれなかったんですか……」

「なにを言っているんですかっ。死んだりしちゃいけない」

雄四郎は登勢の両肩に手を掛けて揺すった。

「わたしは至らぬところだらけの男です。未熟なために主人や仲間に迷惑かけてばかりいます。自分の才のなさを呪《のろ》うこともあります」

登勢はたじろいで、身を固くした。

「でも、あなたの歌にいつも救われていました。ふるさとの歌だからじゃない。あなたの心のやさしさがあの歌にはある」

「お武家さま……」

「やさしい心のあなたを失いたくはない。だから死ぬなんてもう二度と言わないで下さい」

雄四郎は登勢の目を見つめて懸命に訴えた。

「でも、行くところもないし、生きて行く術《すべ》もないのです」

登勢はぼんやりと定まらぬ視線を海へ向けた。

亭主の暴力は悪いに違いないが、不義ははるかに大きな罪である。登勢の行き場はないだろう。

「湯島の三国屋の亭主は、そなたを許すと申した。自分にも悪いところが多かった。登勢を苦しめてしまった。そう申しておったぞ」

いつの間にか傍らに景之が立っていた。

「殿……三国屋に行って下さったのですか」

雄四郎は驚きの声を上げた。たしかに登勢の話をした覚えはあったが……。

「身どもはただ、初午《はつうま》の饅頭《まんじゆう》を注文に行ったのだ。奥が三国屋の酒饅頭がよいとうるさいのでな。亭主はそこもとが戻れば、いつでも店を開くそうだ」

雄四郎は景之の温情に胸が熱くなった。

「お登勢さん、どうか三国屋にお戻りになってもらえませんか」

登勢は激しく首を振った。

「あたし戻れません。いくらなんでも……戻れません」

「好き合ってご夫婦になったんでしょ。もう一度だけやり直して下さいよ。お願いです」

ずっと長い間、雄四郎は登勢の両の瞳を見つめ続けていた。

やがて登勢は、こくんとうなずいた。

「また、いつの日にか、お饅頭を買いに参ります」

鷗《かもめ》が鳴き交わしながら飛んで行く声が、雄四郎の耳に響き続けた。

*

二月八日は雲一つなく晴れ上がり、絶好の初午となった。

江戸の町は朝早くから子どもたちの敲《たた》く太鼓の音で賑《にぎ》やかなことこの上ない。

朝食を済ませた景之は、予定通り門前に床几《しょうぎ》を出して座り、子どもたちを待ち構えた。

雄四郎も影火盗組の面々とともに、経木に二個ずつ包んだ酒饅頭を手に景之の背後に控えた。傍らには立ち火鉢に鍋《なべ》を載せて温めている甘酒が、ほかほかと湯気を上げている。

麹《こうじ》の香りに誘われるように、太鼓の音が通りの左手から近づいて来た。

〽稲荷《いなり》万年講、お稲荷様のお初穂、十二銅おあげ

澄んだ子どもたちの歌声が太鼓の音に混じって響き渡る。

山岡家の前まで来ると、子どもたちは、わあっと叫んで饅頭に向かって駆け寄ってきた。

(この饅頭は登勢さんが作ったのだ)

雄四郎は感慨深かった。

湯島の三国屋に帰った登勢は、もう一度、亭主とやり直した。

登勢は心に大きな傷を抱えながらも、酒饅頭作りに精を出していた。

うまく行くかはわからない。すぐまた、亭主が手を上げる日が戻ってくるかもしれない。

登勢の安らかな日々が、いつまでも続くことを願わずにはいられない雄四郎だった。

子どもたちの相手に、少し疲れて門内に戻った景之に美里が耳打ちした。

「此度のおつとめで雄四郎が一段とたくましくなったような気が致します。ほら、あ

の横顔の凜々《りり》しいこと」

「まだまだだ。が、あ奴は人にやさしい」

「やさしさでは光之進と並んで家中一かもしれませぬ」

「たしかに光之進は、人へのやさしさを強い心で抑えている」

「いまに雄四郎もしっかりとした強さを持ちますよ」

「うむ、よい忍びになろう。ことあるごとに己を省みる心を忘れぬからな」

不思議な微笑が美里の顔にあらわれた。

「少し未熟なほうが女子《おなご》からは可愛《かわい》く思えるものです。伸びゆく若木のようで」

「ほほう、では俺など、もはや枯れ木の如きもので、どんな女子にももてぬな」

「さぁ、どうでございましょう」

美里はいたずらっぽい笑みを浮かべた。

「殿さまは、いつも御家のことも家来のことも、わたくしたち家族のこともお忘れになって、悪人に立ち向かいます。はては大樹さまの弟君にさえ、ご自分が正しいとお考えを突きつけてしまうお方です」

「それがどうしたというのだ」

「そんな殿さまが、とても枯れ木とは思えませせぬ」

「言うたな、はははは」

「はい、申しました」

ゆったりと言って、美里は子どもたちへ視線を移した。

「のどかな初午で、本当によろしゅうございましたこと」

子どもたちの喜びの声が続く門前の景色が、いつまでも続いて欲しいと願う景之であった。

どこで咲くのか、桃花の華やかな香りを載せた南風が、春の訪れを告げて番町に吹き渡っていた。

本書は、ハルキ文庫（時代小説文庫）の書き下ろしです。

時代小説文庫
な 13-5

影《かげ》の火《か》盗《とう》犯《はん》科《か》帳《ちょう》㊂ 伊豆国《いずのくに》の牢獄《ろうごく》

著者 鳴《なる》神《かみ》響《きょう》一《いち》

2017年4月18日第一刷発行

発行者 角川春樹

発行所 株式会社 角川春樹事務所
〒102-0074 東京都千代田区九段南2-1-30 イタリア文化会館

電話 03(3263)5247[編集] 03(3263)5881[営業]

印刷・製本 中央精版印刷株式会社

フォーマット・デザイン&シンボルマーク 芦澤泰偉

ISBN978-4-7584-4084-4 C0193
http://www.kadokawaharuki.co.jp/[営業]
fanmail@kadokawaharuki.co.jp[編集] ご意見・ご感想をお寄せください。

鳴神響一の本

影の火盗犯科帳〈一〉 七つの送り火

公儀直属の鉄砲組を差配する山岡景之は、白金台の刈田の中で卒塔婆に縛り付けにされている娘の亡骸に遭遇した。翌日、火付盗賊改役就任の内意を告げられた景之は、さっそく初仕事として娘の死を調べることに。家重の治世、民のために世の安寧を守り抜いた実在の人物を描く、シリーズ第一弾！ （解説・細谷正充）

影の火盗犯科帳〈二〉 忍びの覚悟

師走を迎え、火盗改役・山岡景之は浅草寺の歳の市に来ていた折、大鳥居に逆さ吊りされ、こと切れていた男を目の当たりにする。火盗管轄の事件ではないものの、景之はひどく残酷な手口に胸騒ぎを覚えていた。一方、奥州仙台・伊達家の上屋敷で火事が起こり、付け火の疑いがあるというが……。シリーズ第二弾。

時代小説文庫